KB200334

하원일기

하원일기

초판 1쇄 2025년 05월 21일

지은이 이여행 | **펴낸이** 송영화 | **펴낸곳** 굿웰스북스 | **총괄** 임종익

등록 제 2020-000123호 | **주소** 서울시 마포구 양화로 133 서교타워 711호

전화 02) 322-7803 | **팩스** 02) 6007-1845 | **이메일** gwbooks@hanmail.net

ⓒ 이여행, 굿웰스북스 2025, *Printed in Korea*.

ISBN 979-11-7099-038-3 03810 | **값 19,500원**

아빠로 살아갈 권리, 그 기록의 시간

하원일기

이여행 지음

굿웰스북스

들어가는 말

　가끔 아이가 이유가 뚜렷하지 않게 칭얼거릴 때가 있습니다. 그럴 때 약간 당황스러운 면이 있습니다. 그러나 그런 것이 어쩌면 가족이어서 가능한 것이 아니겠는가 합니다. 때로는 무턱대고 칭얼거리기는 가족의 특권이 아닐까 생각해봅니다.

　일본 만화(추후 드라마로도 나온) 〈미스터리라 하지 말지어다〉에서 마음을 울린 구절이 나옵니다. 주인공은 육아에 대한 관점을 야구선수 이야기를 하면서 피력합니다. 어느 미국 야구선수가 급히 집에 가서 가족 일에 참여하니 일본 해설자는 "아내가 무서운 분인가 봐요."라고 말을 합니다. 하지만 메이저리거는 자기가 간절히 원해서 가족 행사에 참여한 것이라고 말합니다. 해설자는 강제로 간 것이라고 생각했습니다. 그런데 야구선수는 아버지의 "권리"라고 생각해서 하던 일을 마치고 급히 가족 일에 간 것입니다. 반면에 해설자는 아버지의 "의무"라고 생각한 육아를 하고 있었습니다. "권리"와 "의무"로서의 육아는 천지차이입니다. 한쪽은 육아를 누리는 것이고 다른 한편은 육아를 치르는 것입니다. 이 책에서는 권리로서의 육아를 이야기하고 싶었습니다.

육아는 대충하려고 해도 어려운 일입니다. 저는 육아의 최종책임자는 아닙니다. 아내가 주로 육아를 하고 저는 돕는 입장입니다. 이러한 상태에서 느낀 것은 육아는 보통 일이 아니라는 점입니다. 어렵지만 그래도 인생의 의미를 채워준다는 점에서 육아는 즐겁기도 합니다. 저는 주로 밤에 일을 해서 아침잠이 많습니다. 그래서 아내가 유치원 등원을 시키고 저는 하원을 했습니다. 아이를 하원시키면서 느낀 소소한 일상을 글로 담았습니다. 구체적으로 1부는 아이가 어린이집을 다녔던 4세 때의 일을 썼습니다. 그리고 2부부터 4부까지는 유치원을 다녔던 5세부터 7세까지의 이야기를 담았습니다. 그리고 책에 실린 제 딸의 그림은 딸의 동의를 얻어서 넣은 것임을 밝힙니다.

이여행

차례

2부 아빠라는 이름이 익숙해질 때까지

3부 나의 작은 악마, 작은 천사

4부   육아의 꽃을 피우자

1부

하루하루,
부모가 되어 간다는 것

낮설지만 따뜻한 첫걸음

우리집 수령님

우리 집에는 수령님 한 분이 사신다. 모든 것이 기본적으로 그분의 안녕을 위해서 맞추어져 있다. 거의 "아이가 곧 하늘이야!" 분위기이다. 그분의 일거수일투족에 대한 노심초사는 나의 몫일 뿐이다.

우리나라에는 가부장 제도가 있다고 들었는데 책에서만 배운 것 같다. 그렇다고 가모장이 있는 것도 아니다. 아동이 최고인 가아장(家兒長)이 있을 뿐이다. 이런 걸로 투덜거리기에는 시대가 너무 많이 변했다. 내가 아이 때 즐겨 보았던 〈전원일기〉에서는 어른들이 밥을 먼저 뜨시면 나이 순서로 밥에 숟가락을 가져갔다.

장유유서는 이제 반대가 되어 역 장유유서가 된 것 같다. 나이가 어릴수록 대접받는다. 밥 순서뿐만 아니라 진귀한 음식을 먹을 때도 어린이들이 먼저 드신다(!). 갑자기 존댓말에 느낌표를 찍은 것은 내가 한우를 못 먹고 아이만 먹어서 이렇게 툴툴거리는 것일까.

자아는 마음의 서랍 속에

가끔 아무 일도 아닌데 아이에게 불쾌한 감정을 드러낼 경우가 있다. 그럴 때 혹시 너무 내 기준으로 세상을 이해하려고 했던 것이 아닌가 반성할 때가 있다. 때로는 자아를 버리고 아이의 눈으로 살펴보아야 한다. 그래야 내가 느꼈던 불쾌한 감정이 어리석었음을 알게 된다.

그리고 아이에 대한 기대를 줄여야 한다. 아이에게 화를 낸다면 많은 경우는 내가 생각하는 기대에 아이가 미치지 못했기 때문이다. 초등학생인 아이에게 성인의 행동을 원하고 있지는 않은지 반문해 보아야 한다. 나 역시 과연 유치원을 다닐 때부터 빠릿빠릿하게 행동했을 리가 없다.

불쾌한 감정을 이해의 세계로 인도하는 것은 자아를 버리고 기대수준을 조정하는 생각의 전환이다. 이 생각의 전환에 필요한 것은 나 혼자다. 전환을 결단하고 전환 후의 생각을 습관화시킨다면 아이와의 화목함은 저절로 따라온다.

아내가 남자가 되었다

출산 전에는 그렇게 여자여자한 사람이었다. 그런데 출산한 후 "형님!" 소리가 절로 나오는 상남자가 되었다. 육아에 있어서 철두철미한 아내는 나의 어슬렁거리는 육아를 참아내지 못하고 강력한 경고를 쏟아낸다. 나는 고분고분히 아내의 말씀에 복종한다. 육아 현실은 성별을 바꿀 정도의 힘이 있다.

시몬 드 보부아르(Simone de Beauvoir)는 『제2의 성』에서 '여자는 태어나는 것이 아니라 여자가 되어간다.'라고 이야기했다. 생물학적 성(Sex)이 아니라 사회학적 성(Gender)의 중요성을 말한 것이다. 아이를 키우면서 육아로 인하여 새로운 성적 정체성을 갖게 되는 것은 어쩌면 당연한 현상이 아닐까 한다.

015B의 〈이젠 안녕〉이라는 노래가 있다. 21세기에 태어난 사람들은 생경할 수 있는 노래겠지만 90년에는 널리 불린 노래이다. 그리고 아마도 그 노래 가사 중에 "안녕은 영원한 헤어짐은 아니겠지요"는 지금도 종종 사용되고 있다. 이 노래는 대체로 만남의 끝을 아쉬워할 때 부르곤 한다.

이 노래가 딱 맞는 시기가 있으니 바로 아이가 어린이집으로 가는 첫날이다. 집에서만 지내다가 처음으로 어린이집을 가는 길은 아이는 물론이거니와 부모에게도 기대 반 걱정 반인 일종의 이벤트이다. 불과 몇 시간 후에 올 것임을 알면서도 군에 입대하는 아들을 보내는 사람처럼 아이에게 이것저것을 신신당부한다. 간혹 어떠한 아이는 가기 싫다고 울음을 터뜨리기도 한다. 이때 "안녕은 영원한 헤어짐은 아니겠지요. 다시 만나기 위한 약속일거야"를 흥얼거리면 제격이다.

아이가 어린이집으로 간지 몇 시간이 지난 후 아이를 데리러 간다. 그리고 아무 일 없이 돌아올 때의 안도감은 군대에서 아무 일 없이 복무를 하고 제대한 아들을 보는 느낌이다. 그리고 놀랍게도 아이가 어린이집에서 있었던 여러 이야기를 미주알고주알 해주면 대견하다. 그것은 불과 몇 시간이 되지 않은 짧은 시간이었지만 말이다.

여름 속 겨울

밤이 되었는데도 27도 가까이 되는 더운 여름이었다. 아이를 샤워시킨 아내는 아이가 춥다며 거실에 나올 수 없고 뜨끈한 방에 있어야 한다고 했다. 나는 27도면 충분히 따뜻하다고 생각했는데 아내는 27도면 2.7도 정도로 받아들이는 것 같았다. 그렇다! 이것이 감기를 어떻게든 막겠다는 어미의 마음이다. 여름 날씨도 겨울처럼 느끼는 섬세함이 아내에게는 있다.

아내는 아이를 출산하고 웃음은 절반으로 줄고, 화는 두 배로 늘었다. 아이에게 신경 쓰는 만큼이나 주름도 늘고 깊게 파였다. 덕분에 인상은 다부지게 강인해졌다. 조금만 잘못 말하거나 옳지 않은 행동을 하면 즉각적으로 짜증을 낸다. 짜증이 만성화되는 느낌이라 걱정된다. 게다가 더 심각한 것은 그 짜증은 전염성이 있어서 나도 짜증이 난다. 그리고 궁극적으로 아이에게도 짜증을 낸다. 그러면 아이의 성품에 악영향을 주고 다시 아내는 화가 나게 된다. 이 고질적인 악순환을 단절하려면 일단 내가 아주 잘해야 한다. 마치 소방관이 불을 끄듯 나는 집안의 감정의 화기를 꺼야 한다. 그래야 그녀의 웃음이 조금이나마 회복되고 화가 줄 것이다. 어쩔 수 없다. 이것이 결혼생활이다.

육아를 하다 보니 아이를 낳기 전보다 아내에 대한 관심이 부족해졌다. 이러한 상황에서 아내는 나에게 사랑이 식었다고 타박한다. 그래서 모처럼 아내에게 관심을 가지면 사생활이 없다고 버럭한다. 관심의 중용을 지키는 것은 어렵다.

확실히 아이를 낳은 후 애정의 무게가 아내에서 아이에게로 넘어간 것 같다. 그래서 아내는 종종 애정 공백에 대해 아쉬워하는 것 같다. 나 역시 아이를 낳고 아내가 아이에게 감정의 많은 부분을 할애하기 때문에 애정결핍을 느낄 때가 있다.

육아가 더 안정되면 아내에 대한 사랑이 충전될 것이다. 그렇지만 그 충전된 사랑은 이전의 불꽃같은 사랑은 아닐 것이다. 대신 온유하고 굳건한 사랑이다. 물론 모든 것을 태워버리는 화염 방사기 같은 사랑이 그리울 수 있다. 다만 온유한 사랑이 불꽃의 사랑만큼이나 중요하다는 것을 잊지 말아야 부부가 유지된다.

　아내가 '둘둘둘둘둘'을 가져다 두었냐고 물어보았다. 나는 둘둘둘둘둘을 몰라서 조심히 그것이 무엇이냐고 물어보았다. 그러니 와이프께서는 조금 역정을 내시면서 왜 그 둘둘둘둘둘하면서 끌고 다니는 것을 지칭한다고 하셨다. 몇 번의 스무고개 같은 질문으로 그것이 마트용 카트를 지칭하는 것을 알았다. 그동안 아내를 많이 이해한다고 생각했는데 아직 부족하다. 언어의 절벽으로 밀어버리는 듯한 느낌을 받는다. 하지만 눈치가 있었다면 밀리지 않았을 것이라는 생각도 하게 된다.

  잠을 잘 때 침대에서 나—아이—아내 순으로 눕는다. 하루는 자리를 나—아내—아이 순으로 바꾸려 했다. 그러니 아이가 토라졌다. 거의 "나 이 결혼 반대일세." 분위기였다. 아이의 애정에 대한 욕구가 느껴졌다.

  아이의 입장에서는 아빠는 내가 벽에 부딪히지 않게 그리고 엄마는 내가 떨어지지 않게 한다면서 흐뭇해한다. 일상의 소소함에 고마움을 느끼는 좋은 마음에서 가족의 향기가 만들어진다.

미꾸라지가 노키즈존을 만든다

"노키즈존"은 이제 우리에게 친숙한 단어가 되었다. 특히 아이를 키우는 처지에서는 신경 써야 하는 용어이다. 행여 가고 싶었던 곳이라도 노키즈존인 것을 모르고 갔다가 입장을 거절당하면 마음이 상할 수 있다.

노키즈존이 아이를 싫어하는 풍조를 낳는다고 보는 사람도 있다. 하지만 애당초 노키즈존이 있었던 것이 아니다. 소수의 몰지각한 사람들이 업주들을 아이라면 넌더리나게 만든 것이다. 가끔 인터넷에 올라오는 소위 "맘충"이라는 사람들의 행동은 혀를 내두르게 한다. 물론 상식이 결여된 사람이 극소수라도 이를 경험한 사람이라면 외상 후 스트레스장애를 느낄 정도의 상처가 될 수 있다. 이러한 이유로 노키즈존은 맘충의 출현도 방지하고 그에 따른 피해자도 미리 방지할 수 있다.

아쉬운 것은 소수의 사람들 때문에 아이를 키우는 사람들이 눈치를 봐야 하고 갈 수 있는 곳이 줄어든다는 것이다. 미꾸라지 한 마리가 웅덩이를 흐리게 하는 것처럼 소수의 후안무치한 사람들이 사회 전반적인 신뢰를 더럽힌다. 그리고 이 사회적 신뢰는 쌓기는 어려운 데 비해 무너지는 것은 쉽다. 게다가 이러한 사회적 환경 조성에 정부는 직접 개입할 수 없다. 궁극적으로 시민들이 자발적으로 규범을 만들고 지켜야 한다.

잔반 처리가

　아이가 이유식을 마치고 일반음식을 먹기 시작하면서 난 잔반 처리가가 되었다. 아이가 먹다 남긴 우유, 반찬 등을 먹는다. 물론 먹지 않아도 된다. 하지만 음식쓰레기가 되느니 먹는 것이 낫다고 굳게 믿는 나는 좋은 생활인이자 지구인이다.

이름의 힘

아이는 인형마다 이름을 지어주는데 강아지 인형에 프린세스라는 이름을 지어주었다. 난 처음에는 이해하지 못했다. 왜냐하면 내 눈에는 그저 평범한 리본이 머리에 달린 강아지 인형에 불과했기 때문이다. 그런데 자꾸 프린세스라고 부르니 어울리는 데다가 공주같이 보이기도 한다.

"내가 그의 이름을 불러 주었을 때 그는 나에게로 와서 꽃이 되었다."라는 김춘수 시인의 「꽃」이 생각나는 일이다. 그래서 아이가 인형의 이름을 불러 주었을 때 인형은 아이에게로 와서 프린세스가 된 느낌이다.

남자 선생님

　나는 아이가 어린이집에 다니는 동안 남자 선생님을 보지 못했다. 여자라고 꼭 아이를 잘 보는 것도 아니고, 충분히 여자만큼이나 아이를 잘 키우는 남자도 많다. 그렇지만 아직 남자 어린이집 선생님에 대한 부정적인 고정관념이 있다.

　만약에 여자 선생님과 남자 선생님 중에 내 아이를 맡겨야 한다면 나 역시 여자 선생님을 선호할 것 같다. 특히 딸의 부모라면 말이다. 진정으로 성 고정관념을 뛰어넘는 일은 여성의 일로 여겨지는 분야에서 남성이 일하고, 그것을 자연스럽게 받아들이는 사회에서 가능하지 않을까 생각한다.

아이를 키워보는 사람은 공감하겠지만, 아이가 있는 집은 집 정리가 잘 안된다. 청소하더라도 아이가 지나간 자리에는 장난감이 널브러져 있다. 장난감이 떨어져 있는 것만이라면 다행이지만 밟으면 고통이 따른다. 특히 레고는 강한 지뢰 같다. 어쩌면 나타날 아픔을 줄이기 위해서 나는 지뢰 제거반이 되어 바닥을 청소하게 된다. 아이가 좀 더 자라난다면 스스로 뿌린 지뢰를 스스로 제거하게 해야겠다.

아이가 가만히 나를 보면서 말을 하지 않을 때가 아주 간혹 있다. 그때 무슨 생각을 할지 궁금하다. 내가 4살 때 무슨 생각을 했었는지 기억해보려 했다. 4살은커녕 40살에 무슨 생각을 했었는지도 기억이 나지 않았다.

4살이었던 당시에는 분명히 무슨 생각을 했을 것이다. 하지만 추측건대 그때의 생각은 앞으로 우리나라의 정치경제가 어떻게 나아갈지에 대해 생각하지 않았음은 분명하다. 나는 학교에 입학하고 나서 처음 알게 된 우리나라 대통령이 김영삼 대통령이었다. 그리고 지갑을 가지고 다닌 것도 학교에 입학하고 나서였으니 말이다.

그렇다고 해서 4살의 생각이 대단치 않다는 것은 아니다. 그때는 그때의 고민이 있다. 늘 자신의 안위는 본능적으로 걱정을 하기 마련이니까. 그런 의미에서 이런저런 생각을 하는 것은 당연하다 하겠다.

아동학대는 사회적인 문제이다. 특히 어린이집에 다니는 아이의 경우에는 언어능력이 부족하므로 피해 사실을 제대로 어른에게 전달하지 못하는 경우가 있다. 가끔 뉴스에서 어린이집에서 폭행을 당한 어린이가 있어 사람들의 분노를 일으킨다. 그리고 아이를 키우는 입장에서는 크게 걱정한다.

아동학대가 일어나지 않도록 조치를 취하고 강화하는 것은 당연한 일이다. 그런데 이러한 아동학대가 요즘 들어 늘어났다고 보는 것은 오해라고 생각한다. 지금이야 CCTV가 널리 보급되어 학대당하는 것도 녹화된다. 하지만 불과 10여 년 전만 하더라도 학대 사실이 있더라도 있는 줄도 모르는 경우가 많았다.

아동학대 절대수도 줄어들고 아동학대에 대한 인식도 많이 좋아졌다. 문제는 아동학대가 일어날 경우에 예전에는 가족의 일이었는데 지금은 미디어의 발달로 전국적인 이슈가 되고는 한다.

아동학대를 한 선생은 반드시 엄벌에 처해야 한다. 그리고 아동학대가 일어나지 않도록 제도적인 장치도 준비를 철

저히 해야 한다. 하지만 사회에 아동학대 사건이 있었다고
해서 선생님들을 백안시하거나, 너무 불안해하면서 보육기
관에 못 보내지 않았으면 한다.

침대의 적토마

나는 아이와 아내와 같은 침대에서 자는데 아이가 침대를 데굴데굴 굴러다닌다. 나는 그나마 아이의 움직임에 저항하는 편인데 아내는 아이가 움직이면 그에 따라 움직여 주는 편이라 늘 잠자리를 불편해한다. 이 적토마를 따로 재워야 할 날이 온 것 같다.

꼭 수면이 방해받아서만도 아닌 것이 독립성을 배양하기 위해서라도 따로 잘 필요가 있다. 각 가정마다 차이가 있기 마련인데 어떤 가정에서는 태어난 후 얼마 지나지 않아 따로 자는 경우가 있는가 하면 어떤 가정에서는 초등학교 고학년까지 같이 자는 경우가 있다. 안정감과 독립성이 종종 모순관계를 갖고 있기 때문에 정답은 당연히 없다. 다만 아이가 어느 순간 부모와 같이 자는 것이 불편해질 때 자연스럽게 따로 자는 것이 낫지 않나 싶다.

수염의 쓸모

　내 수염은 아이에게 좋은 장난감이다. 오랜만에 3일 정도 면도하지 않았더니 아이가 만지고 놀기 좋은 정도로 자랐다. 너무 까끌까끌하지 않은 수염은 흥미로운 촉감놀이 대상이다. 그동안 수염은 그저 매일 제거해야 할 내 몸의 잡초 같은 대상이었는데 이렇게라도 쓸모를 찾아서 기쁘다.

비교가 육아를 어렵게 한다

연세가 지긋하신 어르신들은 요즘 부모들을 이해할 수가 없다. 그도 그럴 것이 예전에 비하면 아이를 키우는 것이 너무 쉬워졌기 때문이다. 예를 들어, 나의 어머니만 하더라도 기저귀를 빨아서 쓰셨다. 우리 집이 가난해서 그런 것이 아니다. 1980년대 초반만 해도 그게 보통이었다. 지금은 일회용 기저귀가 있어서 아이가 용변을 보면 버리면 그만이다. 이외에도 예를 들려면 한도 없이 들 수 있다.

이렇게 쉬워진 육아 세대라면 출산율이 오히려 곱절로 늘어야 하는데 늘기는커녕 급격히 감소하여 이제 출산율이 1.0 아래로 떨어진 지도 10년이 다 되어 간다. 왜 육아 여건은 좋아졌는데 출산율이 떨어졌을까?

수많은 전문가들이 오만가지 해답을 내놓고 있지만 그중 하나는 타인과의 비교가 한 원인일 수 있다. 우리나라 경제 상황이 좋아지면서 예전에는 언감생심이었던 일이 중산층 시민들도 가능하게 되었다. 예를 들어, 해외여행만 해도 나는 초등학교 5학년 때 처음 갔었는데 그것도 꽤 빨리 간 케이스였다. 지금은 돌도 안 된 아이를 데리고 해외여행을 가는 경우도 왕왕 있다. 그런데 모든 사람이 해외여행을 쉽게 갈 수 있는 것은 아니다.

해외여행은 한 예일 뿐, 고가의 유모차, 브랜드 의류 등등이 저변에 널리 퍼지면서 어느 정도 수준에 차지 못하면 주눅이 들 수 있게 되었다. 사실 어린아이는 아무리 좋은 곳에 가도, 좋은 유모차를 타도, 비싼 옷을 입어도 모른다. 그저 부모의 만족이다.

우리 부모님 시대 때 우리나라는 지금보다 경제적으로는 넉넉지 못했다. 그래서 서울 근교의 유원지만 가도 감지덕지하고 쓰던 유모차나 옷을 입어도 부끄러울 것이 없었다. 그리고 부끄러워해서는 안 되는 일이다. 그런데 지금은 이 평범한 일이 평균 이하라는 시선이 육아를 어렵게 한다. 그저 아이와 즐겁게 시간을 보내고 싶을 뿐인데 말이다. 이는 사회문화라서 쉽사리 정부에서 고칠 수도 없다. 다만 우리 모두 피곤하게 살지 말자고 외치고 싶다.

시지프스의 청소

아내가 처가에 간 사이에 우렁총각마냥 정성껏 집 청소를 했다. 그런데 아내와 아이가 돌아왔더니 집이 1분도 되지 않아 청소하기 전 상태가 되었다. 마치 매일같이 돌을 정상에 올려도 바로 돌이 아래로 굴러떨어지는 느낌을 받았던 시지프스가 떠오르는 것은 왜일까. 오늘도 집안일의 언덕을 오른다.

오픈런은 소아과에도 있다

토요일 아침, 아내가 아이가 열이 난다고 나를 깨운다. 나는 급히 옷을 챙겨 입고, 소아과로 뛰어가서 아이의 이름을 올린다. 다행히 소아과가 집에서 가까워서 10분만 달리면 된다. 나만 달린 것이 아니다. 여러 부모들이 구슬땀을 흘리고 이름을 올려서 안도하는 모습이다.

내가 응급도 아닌데 왜 소아과로 달려가야 하는지 곰곰이 생각해보았다. 우선 소아청소년과 의사가 숫자가 감소했을 수도 있다. 궁금해서 검색을 해보았더니 2010년에서 2020년 사이에 소아청소년과 전문의는 5,501명에서 7,208명으로 늘었다고 한다. 그렇다면 무엇이 문제인가?

아마도 특정 소아과에 사람이 몰리는 경향이 있는 것 같다. 우리 집의 경우만 하더라도 주위에 소아과가 여럿 있는데 그 중 가장 유명한 데만 간다. 아내에 따르면 그 소아과가 가장 진료를 잘 본다고 한다.

나의 경우에는 육아와 관련해서는 "아이가 죽지 않고 멀쩡하면 된다."라는 주의를 가지고 있다. 그리고 가벼운 감기의 경우에는 약을 먹으면 3일, 먹지 않으면 3일 걸려서 낫는다는 생각을 하고 휴식이 최고라고 생각한다. 하지만 아내의 경우는 아이가 더 조금 아프고, 아프더라도 더 짧게 아프기를 원한다. 이 와중에 친절한 의사 선생님이 계셔야 한다. 그래서 아내는 나보고 유명 소아과로 가서 대기하라고 독촉한다. 의료서비스 소비자로서 이러한 아내의 모습이 이해되면서도 높아진 기대에 육아가 더 피곤해진 것이 아닌가 한다.

이 높아진 기대가 내가 어린이였을 때와 달라진 점이다. 나도 어린이였고 아픈 적이 있다. 그때 부모님과 함께 소아과를 갔다. 그렇다고 우리 부모님이 소아과 오픈런을 한 것은 아니다. 그저 크게 아프지 않고 건강해지면 그만이었다. 의사 선생님은 퉁명스러울지언정 제대로 진찰하고 그에 따른 처방을 하면 되었다. 그리고 나는 건강하게 어른으로 자라났다.

이러한 상황에서 또 다른 변화가 생겼는데 그것은 소아과 병원 예약 앱이다. 이는 소아과 오픈런같은 사태를 미연에 방지하고 환자와 부모의 시간을 획기적으로 줄여주었다. 이 고마운 앱에도 단점이 있으니 바로 디지털 소외계층이 병원을 이용하기 어려워진 면이 있다는 것이다. 근래 젊은 세대는 모바일 앱을 쉽게 이용하지만 조부모가 아이를 키울 수밖에 없는 경우에는 병원 이용이 어려울 수 있다. 이런 점이 보완이 된다면 그래도 소아과 오픈런은 줄어들 수 있겠다.

일단 태어났다는 것은 부모가 있다는 것이다. 부모님을 보고 자라지만 부모가 되는 것은 다른 문제이다. 어렸을 때 부모님은 없어서는 안 될 생활의 모든 존재이다. 그런데 아이를 낳으면 내가 그 없어서는 안 될 모든 존재가 된 것이다. 그렇다고 실제로는 전지전능과는 아주 먼 사람일 뿐이다.

아이가 태어났을 때부터 키우는 시간 모두 처음이다. 다만 임신, 출산 후의 극도의 불안감은 시간이 지나면서 줄어든다. 그렇다고 불확실성이 없어진 것도 아니고 우리의 능력이 늘어난 것은 아니기 때문에 실수하고 고민하고 후회한다. 이러한 과정을 자책할 필요는 없다. 다만, 실수했다면 반복하지 않는 것이 중요하다. 그 정도는 부모가 처음이라도 할 수 있는 것이다. 실수를 인지했음에도 거듭되면 그때 나쁜 부모가 되는 것이다.

자발적 희생양

　모기가 아이를 물었다. 그래서 모기장에서 재우는데 모기장이 작아서 나는 밖에서 잤다. 이상하게 아이와 같이 자면 모기가 나는 물지 않고 아이를 무는 느낌이다. 아이가 모기 물린 곳을 긁을 때마다 "차라리 나를 물어라. 모기놈아!"라는 생각이 절로 든다.

물건은 헌 물건이 좋다

육아를 하다 보면 아이를 위한다고 새롭고 좋은 물건을 사주는 경우가 많다. 물론 새 물건도 좋지만 헌 물건은 더 좋다. 특히 장난감 같은 경우에는 헌 물건이 훨씬 좋다. 새 물건을 사용할 때 그 특유의 화학 냄새가 있다. 어른이야 그 특유의 냄새를 돈의 향기로 느낄 수 있겠지만 어린이에게는 유해할 수도 있다.

내 경우에는 아내의 오빠네가 딸이 두 명이라 물려받은 물건을 많이 받아 사용했다. 그래서인지 몰라도 아이는 특별한 피부 트러블 없이 건강하게 자라났다. 게다가 새 물건을 산다고 해도 아이는 잠깐 좋아할 뿐 금방 싫증을 내기 마련이다. 이럴 거면 차라리 헌 물건을 주는 것이 낫다. 아이에게 중요한 것은 신상품이냐 아니냐가 아니라 자신에게 새로운 물건이냐 아니냐가 중요하기 때문이다. 물론 이런 이야기를 장난감 업계 사람들이 싫어할 수도 있다. 하지만 전 지구적인 자원 활용 차원에서도 헌 물건은 가치가 있다.

모든 생명은 소중해

액션 영화를 보다 보면 총을 난사해 사람들을 개미처럼 죽이는 경우가 있다. 예전에는 그저 신나는 장면이었다. 하지만 아이를 키우고 나서 생각한 것은 완전히 달라졌다. '저 죽은 사람도 부모님께서 고생하며 키웠을 텐데 저렇게 허망하게 죽다니.' 하는 생각이 든다. 이렇게 부모라는 자리는 관점을 바꾸게 한다.

마법의 단어: 똥

아이는 똥과 관련된 이야기를 몹시 좋아한다. 똥이라는 글자만 들어도 웃는다. 뭔가 웃음을 일으키는 마법의 단어이다. 여기에 방귀 이야기까지 곁들인다면 파급력은 배가된다. 나도 가끔 이 마법에 걸려 포복절도할 때가 있다.

귀높이를 맞추자

　아무리 좋은 음악이라도 듣는 사람에 따라 받아들이는 태도는 다르다. 5살도 안 되는 아이에게는 아무리 라흐마니노프의 음악이 장중하고 아름답더라도 당근송이 더 맞는다. 이러한 상태인데 아이에게 교양을 기른답시고 라흐마니노프의 음악을 강요하는 것은 오히려 라흐마니노프를 싫어하게 되는 역효과를 낼 수 있다.

고모부, 이모부 모두 없는 세상

나에게 명절은 시끌벅적한 시간으로 기억된다. 조부모님은 물론이거니와 작은아버지, 두 분의 고모부, 두 분의 고모, 그리고 여러 명의 사촌들이 모여서 노는 시간이다. 아버지 쪽만 그런 것이 아니다. 어머니 쪽에서도 외삼촌들, 외숙모들, 이모부들, 이모들, 사촌들이 있었다. 그래서 명절에 왔다 갔다 하면 정신이 없이 인사하고 논 기억이 있다.

시간이 흘러 내 아이가 명절을 깨달은 시간이 왔다. 하지만 명절은 고즈넉하다. 일단 내가 외아들이므로 아이에게는 고모부와 고모가 원천적으로 없다. 다행히 아내가 오빠가 있어서 내 딸에게는 외삼촌, 외숙모, 그리고 사촌 언니들이 있다. 덕분에 나는 고모부 타이틀을 얻을 수 있었다. 적적한 명절 풍경은 이제 낯선 풍경은 아니다. 그래도 나의 경우에는 사촌들이 결혼하고 아이를 낳았다. 그리고 넓게 만나면 그래도 명절이 조금은 풍성해진다. 그런데 이것도 출산율 1도 안되는 시국에는 내 세대의 마지막 장면이 될 것이다.

내가 어릴 적에 제사의 허례허식이나 여성들의 과중한 가사노동(특히 명절에)이 사회적인 문제가 되었던 적이 있다.

이 문제는 저절로 사라질 것이다. 사람이 없는데 무슨 제사가 있으며 가사노동문제가 있을 수 있겠는가. 예전에 명절 때 들리던 전 부치는 소리는 물론이거니와 사람 소리조차 들리지 않을 것 같은 세상이다.

논리의 비약을 잡아라

아내가 아이에게 물을 마시고 잠을 자지 말라고 했다. 아내의 논리는 자기 전에 물을 마시면 자는 도중 오줌이 마렵고, 화장실에 가기 위해 자는 도중에 일어나면 키가 자라지 않는다는 논리였다. 그런데 아이는 중간을 건너뛰고 물을 마시면 키가 자라지 않는다고 이해한 것 같다. 오해를 불식시키는 데 상당한 시간이 걸렸다.

걱정은 관심을 먹고 자란다

　아이에 대한 걱정은 한번 시작하면 끝이 없다. 놀이터에서 놀 때는 아이가 다치지 않을지 노심초사한다. 그리고 유치원에 가면 친구들과 잘 지낼지 신경 쓰인다. 게다가 지금은 일어나지도 않은 일에도 걱정이 된다. 예를 들어, 심지어 아이가 어떤 사람을 만나 결혼할지까지 걱정되기도 한다. 정말 걱정은 우주만큼이나 끝이 없다. 우주는 계속 확장된다는데 걱정도 실시간 확장되는 것 같다. 걱정을 멈추는 것은 관심을 의도적으로 두지 않을 때 가능하다. 적당한 무관심은 정신건강의 약이다.

상대적 위생

나는 아이가 먹다 남긴 음식이나 아이가 입을 덴 병을 이어서 먹는데 거리낌이 없다. 아마 다른 사람이었으면 질겁하고 하지 않았을 것이다. 그리고 내가 먹던 남은 것이나 입을 덴 병을 아이에게 주지는 않는다. 자식은 위생에 대한 개념조차도 굴절시킨다.

2인자가 된다는 건

　나는 외아들로 평생을 살아왔다. 그래서 집안에서 비교적 융숭한 대접을 받고 살아왔다. 그런데 딸이 태어난 후 2인자가 되었다. 부모님 집 식탁에 있던 군밤을 먹었더니 이건 내 것이 아니라 나의 아이의 것이란다. 2인자는 이렇게 서글프다. 그래도 기쁜 서글픔이다.

고귀한 혈통

　요즘 애를 키우는 것이 힘든 이유 중 하나가 아이를 너무 극진히 모시려고 하기 때문이라고 본다. 예를 들어, 달걀은 닭이 항생제를 맞지 않아야 하고, 닭의 사육방식이 인간적이어야 한 것을 골라야 한다. 덕분에 나는 계란에 적혀있는 고유번호의 뜻도 해석할 수 있게 되었다. 특히 중요한 것은 마지막 번호인데 사육환경이다. 1번이 방사사육, 2번이 축사내 평사사육, 3번이 개선된 케이지, 4번이 베터리 케이지인데 4번의 경우에는 닭이 옴짝달싹하지 못하고 알을 낳는다. 와이프는 1번 혹은 2번을 사 오라고 한다.

　부모님 시대 때는 계란만 먹어도 감지덕지했었다. 그러다가 80년대생인 내가 어렸을 때에는 계란은 상용 식품이 되었다. 이제는 어떤 달걀인가가 문제가 되는 시대가 된 것이다. 시대의 변화를 탓할 수는 없지만 삶의 질을 높게 설정할수록 그만큼 대가가 필요한 것은 사실이다.

　어떠한 면에서 우리는 모두 고귀한 혈통이 되었다. 절대적인 측면만 보아서는 현재 대한민국의 중산층 이상의 사람들은 16세기 왕보다 더 왕처럼 살고 있다. 거의 매일 고기반찬을 먹고 있다. 오히려 건강을 위해서 간간이 채식할 정도로 말이다. 그뿐만 아니라 여름에는 에어컨이 나오고 겨울에는 보일러가 나와서 반팔을 입을 수도 있다. 심지어 겨울에 따뜻한 곳으로 여행을 갈 수도 있다. 예전이라면 꿈도 꾸지 못할 일이다.

　인류는 오랫동안 발전하려고 노력했고 적어도 물질적으로는 고귀하게 살 조건을 마련했다. 문제는 스스로 만족할 수 있느냐에 달려있다.

예전에는 마이클 조던이나 리오넬 메시같이 자기 분야에서 족적을 크게 남긴 사람을 대단하다고 생각했다. 지금은 애를 세 명 키우는 것을 보면 더 대단하다고 생각한다.

간혹 지하철을 타는데 혼자서 세 명의 아이를 케어하는 경우가 있다. 한 명은 안고 있고 두 명은 간신히 걸어 다닌다. 일단 보기만 해도 정신이 없다. 사고만 나지 않아도 다행일 정도이다.

건강하게 자라는 아이들이 저절로 건강하게 된 것이 아니라는 것을 알기에 여러 명의 아이를 잘 키우는 것은 그 자체로 칭송받아야 할 일이다.

아이는 기본적으로 나보다 아내를 더 좋아한다. 피카츄 도넛이 있길래 아이에게 하나 사주었다. 다 안 먹었길래 내가 먹어도 되냐고 물어보았다. 그런데 엄마가 먹어야 한다고 안된다고 했다. 그러자 엄마인 아내가 "아빠 주자."고 아량 있게 말했다. 그런데도 아이는 엄마가 먹어야 한다고 이야기했다. 엄마와 아빠 사이에는 넘을 수 없는 벽이 존재한다. 그런데 하루는 아이가 나랑 놀아야겠다고 이야기했다. 속으로 좋으면서도 "왜?"라는 의문이 마음에 움터오며 두려워졌다.

어머니께서 아이에게 뽀로로 장난감을 사주셨다. 그런데 아이는 이제 뽀로로는 재미없다고 툴툴거렸다. 이제 피카츄를 사달라고 한다. 한때 영웅이었던 뽀통령이 이렇게 아이의 마음속에서 퇴장하였다.

뽀로로가 물러나고 그 자리를 피카츄가 채웠다. 그 후 아이는 한동안 띠부씰을 모았다. 그러더니 그 열정이 식고 아이의 마음은 시나모롤을 비롯한 산리오 친구들에게 넘어갔다. 권불십년은커녕 권불일년이다.

소가 된 엄마

밥 먹고 누우면 소가 된다는 이야기가 있다. 아내가 밥을 먹고 소파에 누웠다. 그리고 아이에게 "무우~"했더니 아이가 엄마가 소가 되었다고 울었다. 이것이 순수함이다.

이러한 순수함은 생각지도 못한 곳에도 나타난다. 하루는 헬로키티 모양의 케이크를 먹게 되었다. 아이는 너무 애정하는 나머지 먹지 못하고 울기 시작했다. 순수함은 여기저기 도사리고 있다.

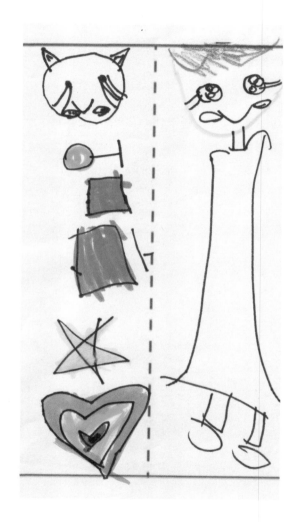

아내가 자다가 "안 돼 안 돼 위험해!!"라고 외쳤다. 어떤 일에 신경을 많이 쓰면 그 일이 꿈에 나타나고는 한다. 아마도 꿈에서 아이가 해서는 안 될 일을 하고 있었나 보다. 모정은 수면 속에서도 로그아웃하지 못한다.

군대는 나이가 들면서 덜해지기는 하지만 남자들이 만나서 하는 이야기 중에 중요한 주제이다. 나는 카투사로 군 복무를 했기 때문에 평균 한국군에서 복무한 장병에 비해서 편했다고 볼 수 있다. 하지만 그렇다고 내가 쉽게 군 생활을 한 것은 아니다. 나름의 애환이 있었다. 물론 남들이 들으면 코웃음을 칠 수 있겠지만 말이다.

육아도 마찬가지이다. 딸 한 명을 육아하는 일은 평균적으로 생각했을 때 가장 쉬운 케이스이다. 예를 들어, 일단 두 명 이상을 키우는 것은 물론이거니와 아들을 키우는 것보다도 전반적으로 쉽다. 그렇다고 육아가 쉬운 것은 전혀 아니다.

아무리 객관적으로 아니라고 해도 자신의 군 생활이 가장 힘든 것처럼, 육아도 자기가 하는 육아가 제일 힘들다. 그래서 아무리 옆에서 "넌 아무것도 아니야."라고 이야기를 해도 소용이 없다. 힘든 것은 매우 주관적인 것이기 때문이다. 이런 면에서 마음가짐이 매우 중요하다. 모든 것이 마음가짐에 있다는 일체유심조(一切唯心造)가 적용되는 부분이다. 그만

큼이나 마음 수양을 통해서 자기 객관화를 시키고 스스로 소
란스러운 마음의 어려움을 타개할 방도를 찾아야 한다.

　결혼하기 전 그리고 결혼하고 나서도 오랫동안 공부한다는 이유로 음식을 만들어본 적이 별로 없다. 어머니께서 혹은 아내가 해준 밥을 먹거나 나가서 사 먹는 것이 전부였다. 하지만 시간은 흘렀고 아이가 태어났다. 서서히 요리를 해도 될 것 같다는 생각을 했다.

　하지만 누구나 그러하듯이 초심자에게 요리는 라면 끓이는 것이 최선인 수준이었다. 그러다가 냉동식품을 데워먹는 수준을 거쳤다. 그 후 밀키트를 조리할 정도의 실력이 되었다. 근래 밀키트는 요리 테러리스트인 나를 먹을 수 있는 음식을 만드는 사람으로 만들어 주었다. 그리고 수준급의 요리를 하는 사부님이 아내의 어깨너머로 조금씩 요리를 배우고 있다.

　물론 내가 능력에 있어서 미슐랭에 빛나는 안성재 쉐프가 될 수는 없겠지만 마음은 조금 닮을 수 있다고 생각한다. 그 마음이 요리에 얼마나 전해질지는 미지수이지만 말이다.

　탄지지간(彈指之間)이라는 말이 있다. 말 그대로 손가락을 튕길 정도의 시간으로 세월이 빠르다는 것을 의미한다. 육아를 하다 보면 하루하루는 느리게 간다. 특히 어린이집을 가지 않는 날이면 시간은 더디게 흐른다.

　놀라운 것은 하루는 매우 천천히 가는 데 1년은 후딱 가버린다는 것이다. 어느새 한 학기가 끝나 있고 아이는 유치원에 갈 채비를 하고 있다. 연초에는 단어도 제대로 발음을 못하던 아이가 연말이 되자 논리 있게 말도 꽤나 한다.

　와이프는 아이의 어린 시절이 너무 빨리 간다고 걱정이다. 나는 40대가 되는데 해놓은 것이 없어서 초조해진다. 아이러니하게도 1년이 천천히 가고 하루가 빨리 갔으면 좋겠다.

어린이 유토피아

크리스마스를 맞이하여 아이와 문구점에 갔다. 대형 문구점인데 아이는 매우 들떠서 그 마음의 향긋함이 옆에까지 전해졌다. 그리고 장난감을 고르더니 여기가 너무 좋다고 다시 오자고 내게 말했다. 확실히 이상향은 주관적으로 규정된다.

　주말 아침 아이가 울고 있어 잠에서 깼다. 아내가 다독여 주고 있었다. 무슨 일인지 숨죽여 귀 기울여보니 꿈에서 자기가 뽑고 싶은 캐릭터를 뽑지 못했다고 해서 흐느껴 울고 있었던 것이었다. 뭔가 뒤통수를 맞은 느낌이었다. 이제 꿈에서 이루지 못한 것에는 전혀 감흥이 없는 무뎌진 어른이 된 것이다. 마치 듬성듬성해진 머리숱처럼 감성도 휑해진 것은 아닌가 두렵다.

누가 동화가
해피엔딩으로 끝난다고 말했는가

　아이에게 동화책을 읽어주다 보면 동화라고 다 해피엔딩
이 아니라는 것을 깨달을 때가 있다. 『장난감 병정』을 읽다
가 마음이 망그러지는 경험을 했다. 동화 마지막에 외다리
장난감 병정이 화로에 던져지고 춤추는 소녀도 떨어져 녹아
내린다. 이 장면은 과연 어린이에게 보여주어도 될까 싶을
정도로 슬펐다. 오히려 이 동화는 인생의 쓴맛을 아는 어른
을 위한 것이라는 생각을 했다.

당신의 벨 에포크는 언제인가요

아이와 함께 놀이터에 가는데 평범한 운동화가 아닌 밟으면 불빛이 나오는 신발을 신었다. 나는 놀이터에서는 평범하고 푹신한 운동화가 좋다고 생각했다. 하지만 아이는 불 나오는 신발을 매우 좋아했다. 그리고 그것을 신고 나가서 친구들 앞에서 콩콩 뛰며 자랑했다. 나도 불빛이 나오는 신발을 신었을 때가 행복했을 것이다.

사람들은 현재의 삶은 팍팍하고 과거가 행복했다고 지나간 세월을 윤색하는 경우가 있다. 그런데 이 각박한 현재도 시간이 지나면 좋았던 시절로 느껴지기 마련이다. 벨 에포크(Belle Époque)는 프랑스어로 좋았던 시절(혹은 황금기)을 말한다. 인생의 벨 에포크는 언제 오는가. 그건 불빛이 나오는 신발을 신었을 때가 되었을 수도 있고 아이를 낳았을 때가 될 수 있다. 완벽한 시기는 없다. 중요한 것은 그 현재를 벨 에포크처럼 사는 것이다. 그렇지 않으면 다른 시절을 동경하며 현재의 벨 에포크를 놓칠 것이다.

디지털 화백

나도 아이도 그리는 것을 좋아하는 편이다. 그런데 자라날 때 큰 차이가 있는데 그것은 디지털 기기의 존재 여부이다. 나는 태블릿 PC를 30세가 되어서야 처음 써보았다. 가끔 디지털 펜슬로 끄적여보고 싶지만 이내 어색해서 그만둔다.

반면에 아이는 3살부터 태블릿 PC에 아무것이나 끄적이기 시작하였다. 그래서인지 디지털로 그리는 것이 아주 자연스럽다. 어떠한 면에서는 종이에 그리는 것보다 더 잘 그리는 것 같다. 태블릿 PC가 좋은 이유는 잘못 그릴 경우에 쉽게 지우고 다시 그릴 수 있기 때문이다. 그래서 아이도 혼날 염려 없이 자유롭게 그린다. 이렇게 디지털 화백은 태어난다.

생각의 먼지

아이가 태어나고 아이를 키우면서 생각이 복잡해지는 경우가 많다. 이런저런 잡다한 고민이 많아졌다. 이럴 때 해결할 수 있는 문제는 생각보다 많지 않다. 어떠한 문제는 시간만이 해결할 수 있다. 생각에 먼지가 낄 때 내가 할 수 있는 일은 걷는 것이다. 30분에서 1시간 정도 걷다 보면 생각의 더러운 먼지가 흩어져 나가는 경험을 한다. 고민도 줄이고 건강도 챙기는 일석이조의 활동이다.

가성비 좋은 놀이

아이는 늘 놀고 싶다. 혼자 장난감을 가지고 놀기도 하고, 또래 친구들하고 놀기도 한다. 그리고 부모와도 논다. 나도 부모로서 아이와 놀 때 간혹 조금 피곤하기도 하다. 이럴 때 제격인 놀이가 병원놀이이다. 나는 환자가 되기를 자처한다. 일단 "아이고야!! 너무 아파!!"를 외치고 눕는다. 그리고 선생님 도와달라고 외치면 아이가 와서 장난감 의료기구로 나를 진찰해 주고, 주사를 놓아주고, 때로는 수술도 해준다. 물론 실제로는 그러면 안 되겠지만 놀 때만큼은 환자가 되는 일은 매우 이득인 느낌을 준다.

어른이 특별히 행복한 키즈카페

내가 아이였을 때와 지금 아이가 클 때의 차이 중 하나는 키즈카페의 존재다. 키즈카페는 육아를 품격있게 해준 시설이다. 일단 아이가 노는데 관리를 전담으로 하는 사람이 상주하고 있다. 그리고 어른은 커피나 가볍게 밥을 먹으면서 아이를 힐끔힐끔 확인할 수도 있다. 또한 바쁜 일이 있으면 노트북 작업도 할 수 있다.

아이의 입장에서는 논다는 점에서 예전과 다를 바가 없을 수도 있다. 키즈"카페"이기 때문에 날씨에 구애받지 않아도 된다는 점에서 유리하기는 하지만 말이다. 진짜 키즈카페의 혜택은 어른들에게 돌아갔다. 그래서 어떨 때는 아이에게 적극적으로 키즈카페에 가지 않겠냐고 어필해 보기도 한다. 키즈카페는 어른에게 육아의 부담을 덜어준다. 문제는 그 부담을 더는 데는 돈이 필요하다. 세상에는 공짜가 없다.

일본밖에 못가봤어요

일본 후쿠오카에 다녀왔다. 후쿠오카에 있는 '실바니안 가든'은 아이들의 천국이었다. 사실 일본여행은 우리나라 사람들이 가기 가장 좋은 여행지이다. 일단 가깝고 비자가 필요가 없다. 그리고 지금도 현금을 쓰기 편하다(중국의 경우에는 근래 현금이나 카드를 잘 쓰지 않아서 알리페이나 위쳇페이가 없다면 편의점에서 물조차 사기 번거로울 때가 있다). 또한 번역기도 많이 좋아져서 어려움이 있으면 그 즉시 번역기를 돌려서 뜻을 알아볼 수도 있다.

결정적으로 비행운임이 저렴하다. 내가 2008년에 처음 일본에 갔을 때 비행기표보다 지금이 더 싸다. 저가항공이 많이 생긴 덕분이다. 다른 물가가 많이 오른 것을 생각하면 실제로 비행기표는 더 많이 내린 것으로 파악할 수 있다. 이러한 이유로 일본 정도는 마치 제주도 가는 정도로 가는 경우가 많이 생겼다. 그래서인지 아이의 친구 부모들과 이야기하면 해외여행은 당연히 가본 것이 되어버렸다. 때로는 "저희는 일본밖에 못 가보았어요."라는 말이 스스럼없이 나오게 되었다.

내가 아이의 나이일 때는 결코 꿈꾸지 못한 일이다. 해외에 가려면 정부당국으로부터 따로 허가를 받아야 했다고 들었다. 심지어 해외여행을 가는데 가족의 환송회까지 있었다고 들었다. 지금은 아이가 어린이집 다니는데도 해외도 어렵지 않게 가는 시절이 왔다. 이러한 아이들이 어른이 될 때는 지금보다 더 글로벌 해질 것은 당연한 순리이다. 이제는 아이를 교육할 때 한국이 배경이 아니라 세계를 생각하고 해야 한다.

2부

아빠라는 이름이
익숙해질 때까지

누구도 완벽한 아빠로 태어나진 않는다

극한직업의 의미

나는 삶이 피곤해질 때면 EBS에서 하는 〈극한직업〉을 본다. 나보다 더 힘든 사람을 보면서 위안을 얻는 일종의 나만의 정신적인 치료방법이다. 이 프로그램의 고정질문 중 하나가 일하는 분들에게 일이 힘들지 않냐고 묻는 것이다. 그러면 종종 아이를 생각하며 버틴다는 대답이 돌아온다. 그러면 일이 덜 힘들다고 한다. 그럴 때마다 아이의 행복을 위하는 인간의 숭고미가 느껴진다.

〈극한직업〉에는 온몸으로 삶과 맞서는 다양한 직업의 사람들이 나온다. 세상에는 무수한 직업이 있다. 나는 유치원 교사들도 분명히 "극한직업"이라고 생각한다. 몇몇 사람들은 유치원 교사들이 대충 아이들이랑 매우 한가한 극한직업(極閑職業)으로 보는 사람이 있다. 하지만 생각지도 않은 이유로 보채는 아이를 인격적으로 일일이 대해야 하는 극한직업(極限職業)이다.

당장 티가 나지 않아서 오해가 있을 수 있지만 유치원 시절은 아이의 성격이 자리 잡는 중요한 시기이다. 이 시기에 온유한 정서가 움틀 수 있도록 잡아주는 것이 유치원 교사다. 그런데 많은 경우 유치원 교사는 박봉에 시달린다. 그리고 아무나 할 수 있다는 그릇된 시선이 직업의 소명의식까지 위협한다. 그 누구나 아이인 적이 있었으며 아이를 낳아 기르는 일인데 너무 폄하하는 것이 아닌가 싶다. 자기 아이는 끔찍이 아끼면서 아이를 돌보고 가르치는 분에 대한 처우와 시선이 박하다면 그 결과는 끔찍해질 것이다.

검진은 우리의 것

건강검진은 오랫동안 오로지 나를 위해서 받았었다. 그런데 이제 나의 건강검진은 가족 모두를 위한 것이 되었다. 아이는 하루가 다르게 성장하는 반면 나는 노화하고 있다. 나는 급속한 노화를 막기 위해서 선크림도 바르고 운동도 더 한다. 그래야 더 건강하고 즐겁게 함께할 수 있다. 그 건강하고 즐거운 시간이 아이에게 대들보가 된다.

건강을 위해 검진 외에 신경 쓰는 것은 술을 줄이는 일이다. 술을 일절 마시지 않기는 쉽지 않다. 하지만 만취 상태가 되는 것은 지양해야 한다. 언제 어디에서 무슨 일이 있을 때 만취 상태라면 제대로 대처할 수 없기 때문이다. 아쉬움은 있지만 육아라는 권리를 행사하기 위한 비용이라고 생각한다.

아이가 글을 쓰기 시작한다

무슨 뜻인지는 잘 모르겠지만 아이가 *끄적끄적* 글을 쓰기 시작했다. 언어능력은 인간이 가진 다른 동물과 가장 큰 차이점이다. 물론 동물도 언어가 있다. 하지만 인간처럼 고등 사고의 세계를 가지고 그 사고를 표현할 수 있는 능력은 없다. 지금은 자연스럽게 글을 쓰고 말을 하지만, 나도 처음엔 주변 사람들의 말투를 흉내 내며 언어를 배워나갔다. 아이를 키우며 언어능력이 발달하는 것을 직접 목도하니 매우 신기하다. 아이의 놀라운 소화력에 더 많은 언어를 시키고 싶지만 모든 것은 과유불급인지라 과식이 되어 아이가 오히려 언어능력의 감퇴가 오지 않게 자연스러운 변화를 지켜보기로 한다.

생색은 마음의 주머니에 넣어둡시다

　육아를 하면서 중요한 일은 육아를 한다고 유세를 떨지 않는 것이다. 자신의 선택으로 아이를 낳아놓고는 자신이 희생한다고 생각하는 것은 무슨 논리인지 모르겠다. 그렇게 육아가 희생이라고 생각하면 애당초 애를 낳지 말았어야 한다. 생색은 육아의 가치를 상하게 한다.

음습한 부모의 욕심

  어린이날을 맞이하여 아이에게 자전거를 선물하기로 했
다. 아이는 시크릿 쥬쥬 자전거를 원했다. 그런데 아내는 디
즈니 자전거를 원했다. 어른인 자기가 탈 것도 아닌데 부모
의 욕심은 곳곳에 도사리고 있다. 다행히 시크릿 쥬쥬 자전
거를 샀다. 물론 부모의 조언은 중요하다. 그런데 단순 취향
마저 부모의 입김으로 불어 넣는다면 아이의 자립심은 자리
할 곳이 없다.

육아는 한 명의 몫이 아니다. 가족 구성원 모두가 관심을 쏟아야 하는 것이다. 전담하는 것이 아닌 분담하는 일이다. 그리고 많은 경우 팀워크로 일을 해야 효과적으로 육아가 진행된다.

육아가 힘들 때마다 오히려 배우자에게 늘 고마운 마음으로 토닥여 주어야 잘 운영되는 유기적인 활동이다. 물론 살다 보면 이 간단한 원칙도 망각하는 경우가 더러 있다. 하지만 이 원칙을 잊지 않는다면 그 가정에는 불화가 자라나지 않을 것이다.

육아의 인터스텔라

아이를 두 명 키우는 분들과 가끔 이야기를 나눈다. 대화를 하다 보면 아이를 한 명을 키우는 것과는 달리 그분들은 또 다른 차원에 계신다고 생각한다(존댓말이 저절로 나온다).

아이가 없다가 있으면 1차원에서 2차원으로 넘어간 느낌이고, 한 명에서 두 명으로 넘어가면 2차원에서 3차원으로 넘어가는 느낌이다. 그렇다면 세 명을 키우는 분들은 인터스텔라에서나 볼법한 4차원의 세계에 사시는 걸까? 어쩌면 그들은 과거의 자신에게 어떠한 소리를 내지를지도 모르겠다는 생각을 한다.

동물원은 내가 가자고 했다, 나를 위해서

아이와 가끔 동물원에 간다. 겉으로는 아이의 정서함양을 위해서 가는 것이다. 하지만 아이 못지않게 신난 건 사실 나였다는 것은 작은 비밀이다.

동물원에 있는 코끼리를 보면서 어떻게 저 몸집에 풀만 먹고 사는지, 원숭이를 보면서 어떻게 저렇게 민첩하게 움직이는지 경탄할 때가 있다.

또한 우리 안에서 축 늘어져서 잠을 자는 사자를 볼 때면 야성을 빼앗겨 사회에 적응해 버린 우리의 모습을 보는 것 같아 공감되기도 한다.

제곱된 내리사랑

할머니가 된 우리 엄마는 내 아이만 보면 계속 무엇을 먹이시려 한다. 정말 식욕이 떨어질 만큼 붙어 다니면서 아이에게 무엇을 먹인다. 뭔가 피골상접한 아이로 보이는 걸까. 그러면서 웰빙, 오가닉을 찾으신다. 유기농 위주로 먹다 보면 건강에는 도움이 되겠지만 살은 잘 찌지 않는다. 그러면 또 할머니의 눈에는 뼈밖에 남지 않은 아이처럼 보일 것이다. 그래서 또 먹이려고 한다. 주위에 이야기를 들어보면 많은 할머니들이 그러신 것 같다. 왜 그럴까. 내리사랑이 한 세대 더 내려가면서 제곱이 된 느낌이다.

아내의 사촌 동생이 가끔 집에 와서 아이와 놀아준다. 워낙 잘 놀아주기 때문에 아이도 매우 좋아한다. 이때 아내는 물론이거니와 나도 잠시 숨통이 트이게 된다. 왜냐하면 아내가 숨을 쉬어야 나도 숨을 쉬기 때문이다. 참 감사한 일이다.

요즘 부모들은 육아에 어려움을 호소한다. 이러한 요즘 부모를 보면 나이 든 분들은 한심하게 여긴다. 그도 그럴 것이 어르신들이 아이를 키울 때는 기저귀조차도 빨아 쓰던 시절이었기 때문에 육아의 절대적인 품이 많이 들던 시절이었다.

다만 요즘 부모를 변호하자면 핵가족화 시대를 맞이하여 숨통을 돌릴 틈이 적어졌다. 어르신분들이 육아할 때는 아이를 방치하는 것처럼 보여도 대가족이어서 주위에 가족 어르신이 있었다. 하지만 이제는 부모님이 맡아 길러주시는 경우를 제외하고는 함부로 아이를 둘 수 없는 사회가 되었다.

이러한 상태에서 정부가 가족 형태를 강제적으로 대가족 형태로 돌릴 수는 없다. 다만 믿고 아이를 둘 수 있는 형태의 공동체 형성에 도움을 줄 수는 있겠다. 결정적인 문제는 신뢰인데 가족이 아닌 자를 얼마나 믿을 수 있느냐가 육아의 무게를 달리할 수 있다. 이 신뢰라는 것이 말처럼 쉽게 조성할 수는 없고 꾸준히 다져나가야 한다.

나는야 비서실장

　나는 아이의 비서실장이다. 아이가 물을 가져오라고 하면 나는 군말 없이 물을 떠 온다. 아이가 필요한 것이 있으면 곁에서 경청하고 언제든 도우려는 자세를 철저히 견지하고 있다. 언젠가 내 아이도 나를 돕는다면 서로의 비서실장이 될 수 있겠다. 그날을 기다려본다.

아이 마음 답사기

　가끔 아이와 카드를 뒤집어 같은 그림의 카드를 맞추는 메모리 게임을 한다. 나는 아이의 기를 살리기 위해서 대략 져주는 편이다. 그런데 아이가 이겼음에도 자신이 원하는 카드를 얻지 못했다고 울었다. 전혀 예상치 못한 눈물이다.

　우리나라 속담에 "열 길 물속은 알아도 한 길 사람 속은 모른다."가 있다. 여기서 한 길이라는 것은 성인 한 명의 키라고 한다. 아이의 감정선과 관련하여서는 한 길은커녕 1cm 도 알 수 없다.

총각 때는 일부다처제가 남자에게 절대적으로 유리한 사회적 제도라고 생각했다. 지금 생각하기에 일부다처 하는 것이 남자에게 좋은 것인가에 대한 근본적인 회의가 든다.

일부다처제가 있다고 상상을 해보자. 가령 아내가 세 명 정도 있다고 치자. 그러면 일단 아내와 만나는 과정이 세 번 있어야 한다. 만나면서 상대방도 알아가면서 나랑 맞는지 확인해 보아야 한다. 그리고 기존의 아내가 있다면 새로운 아내가 생겼는데 어떠냐고 물어보아야 한다. 같이 살아야 한다면 기존의 아내와도 잘 맞아야 할 것이다.

게다가 처가댁도 세 군데이다. 외동딸이 아니고서야 처가댁에서 알아야 할 사람이 여러 명 된다. 모든 것이 만사형통이라서 결혼을 잘했다고 치자. 그러면 명절에 처가댁에 가야 하는데 세 곳을 들러야 한다. 자신의 부모님은 물론이거니와 참된 사위라면 장인, 장모님 건강도 챙겨드려야 한다. 세 군데나 말이다.

집에 와서 아내 세 명과 오늘의 일에 대해서 이야기하고 각각의 아내에게서 낳은 자녀가 있다면 그 자녀들에게 가서 이런저런 이야기를 나누어야 한다. 행여나 어머니와 자녀를 혼동하면 큰 상처를 받을 수 있으니 늘 조심해야 한다.

만약에 이렇게 산다면 하루도 되지 않아 나는 녹초가 되어서 결혼제도에 대한 반감을 갖게 될 것이다. 나는 일처, 일자녀도 과분하다.

아이는 어른의 선생님

아이와 횡단보도를 건너는데 아이가 왼손을 번쩍 들었다. 오래 잊고 있었던 원칙이 생각났다. 또한 아이와 밥 먹기 전에 손을 닦는데 늘 그런 것처럼 대충 비누질하고 물로 헹군후에 끝내려 했다. 그러나 아이는 나에게 그렇게 하면 안 된다면서 유치원에서 배운 손씻기의 정석을 꼼꼼하게 보여주었다.

어린이집과 유치원과의 차이 중 하나는 어린이집이 보육에 중점을 둔다면 유치원에서는 교육의 비중이 늘어난다는 것이다. 그렇다고 유치원에 들어가자마자 적분을 풀고, 삼권분립을 논하는 것은 아니다. 개인이 건강하고 공존할 수있는 사회생활의 꼭 필요한 내용을 배운다. 그리고 기특하게도 어린이들은 이를 철저히 지킨다. 도대체 이 내용은 어른이 어린이에게 알려주었는데 왜 어른은 지키지 않는지 반성하게 된다.

유아에서 아동으로

아이가 많이 컸다고 생각될 때가 아이가 자다가 혼자서 화장실을 갔다 오기 시작할 때였다. 혼자 일어나서, 혼자 불을 켜고, 혼자 오줌을 누고, 혼자 손을 씻고, 혼자 불을 끄고, 혼자 다시 잔다. 이 화장실 독립이 자연스럽게 정착된 것을 보고 유아에서 아동으로 변했다는 생각을 했다.

아이는 아이와 놀아야 행복하다

부모와 아이가 노는 것은 중요하다. 그런데 그것보다 더 중요한 것이 또래 친구들과 노는 것이다. 또래 친구들과의 시간은 아이의 사회성을 두텁게 만든다. 부모와의 시간, 또래 친구와의 시간 모두 중요하지만, 감정의 질감이 다르다.

걱정되는 점은 부모와 아이가 같이 있을 때는 부모가 아이를 해치지 않을 것은 물론이고 아이가 문제가 생기면 바로 해결해 줄 수 있다. 하지만 아이들끼리 있다 보면 서로 다툴 수도 있고 문제가 생겼을 때 원인을 알기 힘들 수도 있고, 해결책도 그에 따라 늦게 알 수 있다. 그래서 아이들끼리 놀게 하는 것이 살짝 두려울 때가 있다.

그럼에도 용기를 내서 아이들끼리 놀게 해야 한다. 일단 부모랑만 있다고 사건이 발생하지 않는 것도 아니다. 그리고 아이들끼리 시간을 보내야 스스로 생각하고 문제를 해결하는 방법을 터득할 수 있다. 너무 불안하다면 먼발치에서 있는 듯 없는 듯 앉아 있자.

어린이스러운 귀여움

아이는 잘 때 옷에 붙어있는 태그(tag)를 만질 때 안정감을 느끼는 모양이다. 자는 것을 보는데 잠결에 태그를 찾는 모습이 귀엽다. 아직 "애기" 느낌이다.

이러한 애기스러움은 종종 나타난다. 예를 들어, 롯데월드에 환상의 숲이라는 코너가 있다. 그곳에는 모형으로 된 박쥐가 있는 짧은 통로가 있다. 아이가 친구와 함께 무섭다며 두 손을 부여잡고 눈을 질끈 감고 걸어가는 모습에서 어린이다운 귀여움을 느낀다. 이것이 육아의 쏠쏠한 맛이다. 만약에 이런 행동을 40대 아저씨가 한다면 삶의 씁쓸한 맛을 느낄 테니 말이다.

즐거움의 가책

나는 직업상 학회를 간다. 간혹 학회가 멋진 여행지에서 개최되기도 한다. 학회 일정이 끝난 뒤에는 여행도 할 수도 있고 그 여행을 혼자 하게 되는 경우도 있다.

그런데 확실히 결혼하고 출산한 후에 혼자 좋은 곳에 오면 몸은 편한데 마음이 편하지 않다. 그리고 맛있는 음식을 먹을 때면 아내와 아이도 같이 먹었으면 좋아하겠다는 생각을 하게 된다. 이렇게 가족의 예속감은 강하다.

유치원생이 무슨 학원을 또 가냐?!

유치원에 다니는 친구들이 유치원 하원 후에 학원을 가는 경우가 종종 있다. 5살밖에 되지 않았는데, 오랫동안 유치원에서 지내 놓고 또다시 집이 아닌 다른 곳으로 간단 말인가. 부모가 너무 가혹한 것이 아닌가 싶어 보일 수 있다. 하지만 진실로 가혹한 부모는 소수이고 대부분은 어쩔 수 없어서 학원을 보내는 것이다.

유치원 하원 후에도 학원을 가는 이유는 공부의 이유보다도 부모가 아이를 데리러 갈 수 없는 상황이어서 시간을 버는 이유가 크다. 유치원이 끝나면 상황에 따라 다르겠지만 3~4시인데 어느 회사가 직원을 오후에 퇴근시켜 주겠는가. 제시간의 퇴근에도 감지덕지이다.

이런 상황에서 부모를 대신해서 학원 차들이 아이들을 확인하고 학원으로 데리러 간다. 놀랍게도 그 학원 수업이 끝나면 다른 학원버스가 아이를 데리러 간다. 그래서 부모의 귀가 시간과 맞을 때까지 있는다.

학원에 가지 않는다면 아이는 혼자 집으로 돌아가서 스마트폰을 하고 있거나 다른 친구들과 부모가 통제할 수 없는 곳으로 가서 시간을 보낼 수 있다. 이럴 바에야 부모의 선택은 학원을 보내는 것이다. 학원에 보내면 적어도 공부를 더 할 수 있고 그곳에서 공부하는 친구들과 유유상종할 수 있다.

이러한 이유로 유치원 아이가 하원 후에 학원에 가서 또 공부하는 구조가 되는 것이다. 그리고 이것이 놀라운 일이 아니라 그래야만 하는 일이 된 것이다. 변화가 필요하다.

아내, 호적수를 만나다

 오로지 나의 필요로 물건을 구매하여 귀가할 때가 있다. 그러면 아내가 간혹 나를 위해 사 왔냐고 물어보기도 한다. 이때 아니라고 말하기도 멋쩍고 당혹스러웠던 적이 있다.

 그런데 스타벅스에서 커피를 많이 마신 사람들에게 램프를 주었는데 아내는 오래 기다려 램프를 받아 집에 가져왔다. 그랬더니 아이가 아내에게 나를 위해 사 왔냐고 물어보았다. 아내야, 내 마음을 알겠지.

21세기 이웃사촌

아이가 유치원에서 설사를 하여 속옷을 교체해야 할 일이 생겼다. 때마침 아이 엄마가 출근을 하여 옷을 가져다줄 수 없는 상황이었다. 나는 그것도 모르고 자고 있었다. 게다가 내 핸드폰은 침실이 아닌 거실에 있었다. 그래서 아내가 아이 친구의 엄마에게 연락해서 우리 집의 초인종을 눌러서 깨우게 했다. 다행히 이러한 이웃사촌으로 문제를 해결할 수 있었다. 두둑한 사회적 자본이 빛을 발한 순간이다.

집성촌을 이루어 살지 않는 한 실제 사촌은 가까이에 살지 않는다. 그래서 현대인들의 육아는 고독하다. 아무리 도시가 다양한 서비스가 갖추어진 상태라고 하지만 빈틈이 있다. 요즘 독박육아로 힘든 사람이 많은데 그 이유 중 하나가 사회적 자본이 부족한 도시 상황 때문이 아닐까 한다.

허준으로 거듭나는 아내

"서당개도 3년이면 풍월을 읊는다."라는 속담이 있다. 육아도 3년이면 준 의료인이 된다는 느낌이다. 성인이 된 후에는 다치지 않으면 병원을 잘 가지 않게 된다. 그런데 임신, 출산, 그리고 육아를 하면서 병원을 많이 다니게 된다. 아이의 건강에 관심이 많은 부모라면 아이가 무슨 약을 먹는지 어디가 아픈지 의학 공부를 따로 하지 않아도 알게 된다.

아이가 아픈 데는 패턴이 있는데 이 패턴은 아이를 키우다 보면 알게 된다. 그리고 병원을 여러 번 가게 되면 어느약이 잘 듣는지도 대충 알게 된다. 이러한 상황에서 아내의 상황판단 능력이 육아의 시간에 따라 늘어나게 된다. 그래서 아이에 한해서는 허준이 되는 것 같다.

종합교육센터: 유치원

　유치원에서 아이는 다양한 것을 배운다. 우선 인사하기, 교통질서 지키기, 깨끗한 환경을 위한 행동 같은 기본적인 생활습관을 배운다. 그리고 국어, 산수(수놀이), 체육, 미술, 음악(코로나라서 많이 하지는 못했지만), 영어 같은 교과과목 뿐만 아니라 안전교육도 한다. 그리고 공부만 하면 흥미가 떨어지므로 게임도 하고 색종이도 접는다. 또한 이벤트로 반려식물 키우기, 김장하기 같은 활동도 한다. 그냥 헛되게 시간을 보내는 법이 별로 없다.

　가끔 젊은 사람들이 다방면에 뛰어난 경우가 많은데 이는 유전자가 갑자기 바뀌어서라기보다는 교육내용이 좋아져서인 것이다. 어렸을 때부터 예전에 비해 수준 높은 교육을 받다 보니 아이들도 능력도 그에 따라 발달한 것이다. 교육의 힘은 이렇게 강력하다. 그 교육의 시작이 유치원에서 시작된다.

가위는 같은 자리에 둬야 해!

　내 책상에서 가끔 가위가 사라지는 경우가 있다. 아이가 가져가는 것이다. 그럴 때마다 가위를 여러 개 구입하고 싶은 충동을 느낄 때가 있다. 하지만 사용한 후 제자리에 두라고 교육을 시키는 것으로 마음의 방향을 선회했다. 아무리 가위가 많더라도 제자리에 두는 습관이 없다면 또 가위를 찾아야 할 테니까.

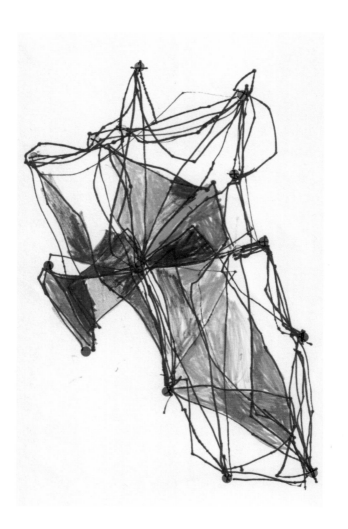

반려동물은 아무나 키우나

아이가 자기 친구 중에 강아지를 키우는 아이가 있다고 이야기했다. 반복적으로 말이다. 이것은 반려동물을 키우고 싶다는 신호가 틀림없다. 하지만 실제로 키우게 되면 막중한 책임은 내가 져야 한다는 것을 알기에 단호히 안된다고 했다.

사실 반려동물을 키우는 일은 매우 어려운 일이다. 우선 주위에 피해가 가지 않아야 한다. 공동주택에 사는데 개를 키우는 것은 이웃에게 민폐를 끼칠 수 있다. 특히 밤에 개가 짖으면 자는 이웃을 깨울 수 있다. 밤에 우는 아이도 재우는데 힘든데 말이 통하지 않는 개는 그 어려움이 더하다. 그리고 개는 산책을 시켜야 하는데 길에서 보행인을 위협할 수도 있다.

경제적인 부담도 상당하다. 일단 사룟값이 든다. 인간만큼 식비가 많이 들지 않더라도 사랑하는 반려동물이니만큼 잘 먹여야 한다. 또한 인간과 달리 동물의 경우는 국민보험이 없다. 그래서 반려동물이 아프면 고가의 치료도 감수해야 한다.

그리고 자유를 포기할 각오를 단단히 해야 한다. 예를 들어, 나같이 여행을 좋아하는 사람은 반려동물과 같이 여행하려면 금전적인 비용은 물론이거니와 행정적 절차도 따져가면서 해야 한다. 그래서 해외여행은 언감생심이 된다. 이 외에도 동물을 혼자 두고 장시간 방치해서는 안되기에 시간을 쏟아야 한다.

반려동물을 키우지 못하는 중요한 이유 중 하나는 거북이 같이 장수하는 동물이 아닌 이상에야 나보다 먼저 죽는다는 점이다. 아이를 낳는 이유는 나와 닮은 존재에게 내가 가진 것들을 전수해주고 싶어서도 있다. 그런데 반려동물은 대부분 나보다 먼저 죽는다. 반려동물에 대한 사랑이 크면 클수록 반려동물의 죽음은 큰 상처로 다가온다. 그리고 먼저 죽는다는 사실을 바꿀 수도 없다. 그래서 처음 만날 때부터 이 슬픈 시한부적인 상황을 인지하고 있어야 한다.

동물은 인스타그램에 사진 몇 장 찍고 올리고 버려지는 존재가 아니다. 아이가 반려동물을 키우고 싶어 할 때마다 슬쩍 이러한 책임감의 무게에 대해서 이야기한다. 그리고 나도 아이도 이 무게를 이겨낼 수 없기에 애초에 선택하지 않기로 한다.

옆구리에서 팔이 나오는 창의력

    아이가 사람을 그렸는데 옆구리에서 팔이 나오게 그렸다. 창의적으로 봐서 칭찬해야 할지 아니면 말이 안 된다고 지적해야 할지 난감했다. 왜냐하면 창의성과 어처구니없음은 어쩌면 한 장 차이일 것이기 때문이다.

방학은 괴로워

교수로서 솔직히 고백하는데 방학은 학생만큼이나 교수도 기다린다. 일반 직장인이 보기에는 평소에도 별 할 일 없어 보이는 주제에 무슨 또 방학을 기다리냐고 하겠지만 그것이 인지상정이다. 하지만 이 방학을 두려워하는 사람이 있으니 바로 학부모이다.

유치원 방학은 일반 초등학교 방학에 비해 무척 짧다. 하지만 그 짧은 방학조차도 부모는 부담스럽다. 일단 일반 직장인이라면 당장 아이를 맡길 곳이 없다. 그래서 특별 프로그램에 아이를 참가시켜야 할 수 있다. 만약에 육아를 할 수 있는 부모라면 아이와 계속 같이 지내야 한다. 이때 다시 한번 유치원 선생님께 고마움을 느낄 수 있다. 그래도 시간은 흘러 다시 유치원에 갈 날은 오고 부모들은 쾌재를 부른다. 이렇게나 처한 상황에 따라 같은 일도 다르게 다가온다.

평범한 것이 아름답다

　살다 보면 "힘들다."라는 말을 종종 하게 된다. 그 힘듦이 삶의 조건이 절대적으로 각박해서 힘들 수도 있다. 하지만 많은 경우는 우리의 마음속에 있는 욕심이 만들어낸 힘듦일 때가 있다. 예를 들어, 자동차가 있으면 편하다. 그래서 대중교통이 닿지 않는 길을 갈 때 자동차가 없으면 고되다. 그런데 자동차가 있음에도 그 자동차가 벤틀리 같은 고급 자동차가 아니어서 힘들다고 말하면 그건 다른 이야기이다. 그것은 순전히 마음의 문제인 것이다.

　육아에 있어서도 욕심이 우리를 괴롭히는 것이 아닌가 싶다. 아이에게 더 나은 환경을 제공하고 싶은 마음은 이해가 간다. 하지만 그 더 나은 환경이 다른 평범한 일상을 희생해서 얻는 것이라면 그것은 바람직하지 않다. 아무 일 없이 건강하고 한가하게 보내는 평범한 일상의 소중함은 그것을 잃어 보아야 느낀다. 어쩌면 우리는 그 평범함의 아름다움을 잊고 산 것은 아닐까.

역 가스라이팅

　가스라이팅(Gaslighting)이라는 단어가 일상생활에도 사용될 만큼 널리 알려졌다. 이 단어는 기본적으로 타인의 심리를 교묘히 조작하여 타인에 대한 지배력을 강화하는 것을 말한다. 어른과 아이 사이에서 가스라이팅이라 함은 어른이 아이를 부당하게 길들이는 느낌을 준다.

　그런데 우리 집은 반대다. 한번은 내가 아이를 도와주고 내가 아이에게 고맙다고 이야기했다. 아이에게 잘 해주어야 한다는 강한 사회적인 압력이 기본적인 현실 파악도 못 하게 한 것은 아닐까 한다. 물론 아이가 교묘히 나를 지배하려고 수작을 부린 것은 아니지만 말이다. 아니겠지?!

한자를 한자 한자 배우자

한자가 기본적으로 상형문자이다 보니 글자를 그림처럼 배우게 된다. 구(口)자를 배우는 데 미음(ㅁ)같이 생겼고, 칠 (七)를 배우는데 영어 알파벳 티(t)같이 생겼다는 아이의 시 선에 동의하게 되었다. 아이는 일단 한자를 뜻으로 이해하 기보다는 그림으로 이해한다.

우리나라 말을 쓸 때 의미에 있어서 상당 부분 한자에 의 존하고 있다. 그래서 한자를 몰라도 사는데 불편한 것은 없 지만 알면 그 뜻을 깊이 이해하는 데 도움이 된다. 예를 들 어, "팝업스토어의 굿즈를 사기 위해 장사진을 쳤다."라는 문장이 있다고 치자. 여기서 장사진은 장사를 하기 위한 진 이 아니라 긴 뱀(長蛇)처럼 사람들이 늘어섰다는 것이다. 혹 은 "안도의 한숨을 내쉬었다."라고 할 때 안도(安堵)는 안전 한 담이라는 것이다. 편안한 담장 안쪽으로 들어온 것 같은 느낌을 받는 것이다. 이렇게 한자를 알면 뜻을 매우 정확하 게 알 수 있다. 단순히 중국이 쓰는 글자라고 백안시하면 손 해는 우리가 볼 수 있다.

커피가 부른 거짓말

　나와 아내는 매일 한잔 이상의 커피를 마신다. 그것을 아이가 꾸준히 보니 당연히 커피에 대한 관심이 높을 수밖에 없다. 그래서인지 아이가 커피를 마시게 해달라고 졸랐다. 우리는 커피를 어린이가 마시면 머리가 나빠진다는 거짓말을 할 수밖에 없었다. 카페인을 설명하기에는 시간이 너무 오래 걸리고 어렵기 때문이었다. 육아를 하면서 모든 것을 과학적으로 그리고 이성적으로 아이에게 설명하기는 어려울 때가 있다.

하버드에 가면

    가끔 아이가 총명한 행동을 하면 언어습관처럼 "우리 딸 하버드 가겠네."라고 말이 나올 때가 있다. 몇 번 이 이야기를 들은 아이가 하버드가 뭐냐고 물어보았다. 똑똑한 사람들이 가는 곳이라고 대답하니, 아이가 하버드에 가면 몰랑이 백 개를 사달라고 했다. 당연히 사드리겠습니다.

부모의 뻐근한 조급성

방학을 맞이하여 처가댁에서 휴식을 취하고 있었다. 아이의 친구들은 방학이고 코로나 시국이었지만, 학원에 다니는 모양이었다. 이러한 상황이 나를 약간 조급하게 만들었다. 우리 애만 뒤떨어지면 어쩌나 하는 생각에 아이를 강압적 학습환경 속에 넣고 과도한 학습량을 요구하기도 한다. 이럴 때 부모의 담대한 교육철학이 필요한 것 같다.

물론 우리나라 입시는 상대평가로 서열화된 대학 속에서 이루어진다. 하지만 너무 빨리 달리기 시작하면 금방 지칠 것 같다. 또한 학습이 중요하기는 하지만 그것은 언제까지나 아이의 흥미를 기반으로 적정한 수준에서 이루어져야 롱런할 수 있다. 그리고 21세기에 필요한 인재가 되기 위해서는 역설적이지만 놀이와 휴식이 필수적이다.

이러한 이야기들이 나의 아이가 적어도 명문대는 가야 하는 가정에서 나오는지도 모르겠다. 그리고 내 아이가 특별한 재능이 없다면 좋은 학교를 가는 것도 보험 차원에서 바람직할 것이다. 그러나 21세기에는 자신의 적성을 발휘하는 것이 진짜 중요한 시대가 온 것이다. 아이를 키우면서 행복

하고 살고 싶은 삶을 위한 교육을 이리저리 생각해본다. 일
단 잘 놀고 잘 쉬자.

대견한 트림 마스터

아이는 장난꾸러기이다. 이제 장난스러움이 일부러 트림할 정도로 발전하였다. 이 천진난만함이 생활습관으로 굳어지면 안될텐데라는 걱정은 너무 어른스러운 걱정일까.

사실 영아 때는 어른이 고의로 트림을 시켜주어야 한다. 모유를 먹이고 혹은 이유식을 먹이고 등을 토닥토닥 두들겨 주면서 트림을 시켜야 배에 가스가 차지 않고 아이가 편안해진다.

불과 몇 년의 시간이 지나 스스로 트림을 하고 웃을 정도가 되었으니 아이를 잘 키운 느낌이다. 하지만 트림도 적당히 어쩔 수 없을 때 하자.

오해는 금물

하루는 아내가 아이에게 "아이구 예뻐 죽겠네!!"라고 했다. 그랬더니 아이가 "죽겠다고?!"라고 답했다. 와이프는 오해를 불식시키는 설명을 하느라 힘을 써야 했다.

사실 우리 생활에 있어서 "죽겠다."라는 말을 종종 사용한다. 예를 들어, "매워 죽겠다.", "피곤해 죽겠다.", "졸려 죽겠다.", "더워 죽겠다.", "속상해 죽겠다." 등등 죽음을 쉽사리 사용한다. 우리 민족이 얼마나 강렬한지 언어에서 느끼고는 한다. 이러한 강렬함이 언어습관을 타고 아이에게 전해진다.

블랙코드는 무엇인가?

　아이가 우주에 대한 책을 읽더니 블랙홀에 관한 질문을 했다. 그런데 자꾸 블랙홀을 블랙코드라고 발음해서 블랙코드가 아니라 블랙홀이라고 말해주었다. 그러니 아이가 내가 시종일관 블랙코드라고 말했다고 이야기하였다. 그리고 나서 곰곰이 생각해보니 정말 블랙홀이 블랙코드로 들릴 여지가 있다는 것을 알아냈다. 아이의 언어능력은 정말 정보의 장막에 가려진 어른의 언어능력과는 다르다.

야트막한 신빙성

하원한 후 아이가 자기 친구의 아빠가 죽었다고 이야기했다. 나는 너무 놀랐는데 이야기를 더 들어보니 의구심이 생겼다. 왜냐하면 아빠가 도롱뇽에게 잡혀 죽었다는 것이었기 때문이다. 아이의 말은 어디까지 믿어야 하는 것일까.

육아, 시간도 돈도 아깝지 않은 순간

우리나라 저출산 문제가 심각한 것은 어제오늘 일이 아니다. 저출산의 여러 원인이 있겠지만 경제적인 부분도 크다. 그래서 정부에서는 이런저런 정책을 통해서 금전적인 지원도 하고 있다. 하지만 아이를 키우는 것에 대한 관점에 변화가 있지 않고서는 출산율이 급반등하기는 어려울 것 같다.

사실 자본주의 사회에서 돈은 중요하다. 예전에 출산율이 높았던 이유 중 하나(그리고 남아선호사상)는 오랜 농경사회여서 그럴 가능성이 크다. 기계가 발달하지 않은 농경사회에서는 인력이 곧 자원이었다. 하지만 산업혁명도 2차, 3차 그리고 4차로 넘어가면서 양보다는 질이 중요한 시기가 왔다. 그래서 사람 한 명 한 명에 투여되는 교육도 늘어갔다.

문제는 투자한 교육만큼의 좋은 직장을 얻는지는 확실치 않다. 그래서 20년 간 아이에게 좋은 양육과 교육을 조성해주었음에도 아이가 어려움을 겪는 시대가 도래한 것이다. 이러한 상황에서 아이를 낳는 것을 조심스러워하는 것은 합리적인 선택일 수도 있다.

투자적인 문제만 보았을 때는 출산을 자제하는 것이 합리적이다. 하지만 아이를 투자대상이 아닌 공존하는 한 명의 동반자로 생각한다면 아이는 낳을 만하다. 임신하고 아이를 기다리는 마음, 출산할 때의 기쁨, 아이가 처음 걸었을 때의 놀람, 아이가 처음 아빠라고 말해주었을 때의 신기함, 아이가 커가면서 말을 하면서 대화가 되었을 때의 뿌듯함, 아이를 무동 태워서 폭죽을 감상한 것 등의 경험을 했다고 통장의 잔고가 늘어나지 않는다. 하지만 나의 인생 행복잔고는 채워진다. 통장의 잔액은 인생의 행복잔고를 위한 도구임을 잊지 않아야 한다.

그럼에도 어쩌면 아이를 키우는 것은 비이성적인 일일 수도 있다. 하지만 극도로 이성적이라면 그것이 기계지 사람인가 싶다. 물론 본인의 철학과 사는 방식에 따라서 아이를 낳지 않을 수는 있겠지만 단순히 아이를 낳고 기르는 것이 인생의 낭비라는 것은 당신 자신도 낭비의 산물이라는 것을 증명하는 것이 아닐까.

부모의 영향을 가려주는
사회적 제도

아이가 성인이 되기까지 부모의 영향은 절대적이다. 그래서 아이에게 문제가 생길 경우 부모의 사회적 지위가 영향을 줄 수 있다. 만약에 아이가 친구와 싸웠다고 가정을 하자. 그러면 시시비비를 가려서 문제를 해결해야 한다. 그런데 만약에 부모가 국회의원, 검사 같은 공권력의 정점에 있는 사람이라든지 재벌이나 조직폭력배처럼 사적으로 힘을 쓸 수 있는 사람이라면 객관적인 문제가 주관적으로 해석될 수 있다. 이럴 경우에는 사회적으로 힘없는 사람만 부당한 처우를 받을 확률이 높다. 그러면 아이는 힘없는 부모를 탓하고, 힘없는 부모는 자녀에게 미안해하는 경우가 생길 수 있다. 부모의 위세와 상관없이 있는 사실이 그대로 노정돼서 문제가 해결될 수 있는 사회적 제도가 필요하다. 그래야 누가 되었든 마음 편히 아이를 낳고 기를 수 있다.

신묘한 0이라는 숫자

　아이와 산수를 하는데 0의 개념이 이해하기도 설명하기도 어렵다는 점을 깨달았다. 예를 들어, 아이에게 2+0이 뭐냐고 물어보면 20이라고 대답했다. 아이의 입장에서는 당연한 사고방식일 것이다. 아무것도 없는데 있는 것으로 쓰니 말이다.

싱싱한 학습능력

집에 TV가 없어서 아이가 가끔 노트북을 통해서 만화를 본다. 포켓몬을 보는데 잠깐 멈추고 화장실에 간다며 자연스럽게 마우스를 사용해서 클릭했다. 가르쳐주지 않았지만 내가 하는 것을 보고 따라 한 것이다. 인간의 학습력은 어쩌면 필요에 의해 타고난 것일 수도 있겠다.

인생은 스타일이다

아이가 사람을 그릴 때 독특한 스타일이 있다. 머리를 세모나게 그린다는 것이다. 그리고 종종 한쪽 눈은 윙크하고 있다. 그래서 그림만 봐도 내 아이가 그렸는지 알아볼 수 있을 정도이다. 나는 이런 점이 좋다.

사실 사진기가 발명된 후에 초현실주의 작가가 아닌 이상에야 현실을 똑같이 그리는 것은 의미가 없어졌다. 현실을 해석해내고 표출하는 화가의 개성이 중요해졌다. 그래서 우리가 쉽게 기억하는 모네, 고흐, 이중섭, 천경자 같은 화가의 작품을 보면 대번에 화가의 이름과 매칭시킬 수 있다. 여기에서는 옳고 그른 것이 없다. 다만 스타일의 차이가 있을 뿐이다. 그리고 뚜렷할수록 제대로 된 족적을 남길 수 있다.

나는 이러한 개성이 단순히 그림에만 머물지 말아야 하고 인생 전반에도 적용되어야 한다고 생각한다. 아주 오랫동안 인류는 수렵생활과 농경생활을 했다. 그리고 비교적 최근에 공업화를 경험하였다. 소품종 다량생산의 시대가 지나서 이제는 본격적으로 인공지능이 뒷받침되는 개인화된 다품종 소량생산 시대이다. 앞으로는 대부분의 규격화된 산출은 기계가 해줄 것이다. 이러한 점에서 인간이 살아남는 길은 차별화이다. 인생의 스타일이 있어야 한다. 그 스타일이 생존의 지름길이 될 것이다. 마음이 가는 스타일을 갈고닦아야 할 시대이다.

그 목은 그 목이 아니다

목에 담이 와서 가족들에게 목 아프다고 목덜미 주위를 주무르면서 고통을 호소하고 있었다. 그러니 아이가 나보고 조용히 하라고 한다. 목이 아프면 소리를 내면 안 된다고 하면서 말이다. 이럴 때는 영어로 Neck과 Throat의 차이를 알려주는 것이 좋다. 그리고 담이 왔다는 개념을 설명하는 데 꽤 시간을 소요했다. 물론 여기에서 담이 Wall이 아닌 것도 알려준다.

불쑥 튀어나온 양심

처가에서 TV를 보고 있었다. 그때 〈마음의 소리〉라는 드라마를 하려는 데 아이가 볼 수 없다고 돌리려 했다. 이유를 들어보니 12세 이상 시청가이기 때문이라고 한다. 12살이 넘은 지 너무 오래되어 전혀 인식하지 못했는데 아이는 이를 인지하고 지킨 것이다.

유모차에서 내립시다

아이는 잘 걷지만 종종 유모차를 탄다. 유모차를 대형, 중형, 소형으로 구비해두었다. 가격은 마치 자동차처럼 대형일수록 비싸다. 사실 대형이 튼튼해 보여서 좋기는 한데 사실 편의성은 소형이 최고다. 대형 유모차의 경우에는 조립하는 것도 일이다. 반면에 소형의 경우에는 대충 펼치면 된다. 세워놓는데도 적게 차지하는 것이 접어놓으면 된다. 물론 안전만 생각한다면 대형 유모차가 최고다. 하지만 아이의 나이가 들수록 소형으로 가게 된다. 그러다가 유치원에 가면서 서서히 유모차와는 작별하게 된다. 계속 타면 유모차에 타는 것이 유머스럽게 될 수 있다.

신기한 것은 유모차(乳母車)라는 이름이다. 유모는 국립국어원에 따르면 "남의 아이에게 그 어머니 대신 젖을 먹여주는 여자"라는 뜻을 가지고 있다. 유모에게 의지하는 만큼이나 아이가 의지하는 운송수단이라는 걸까. 사실 요즘에는 유모라는 존재를 찾기도 힘들다. 그래서 근래에는 유아차라고 부르는 사람이 생기는 것 같다. 어린이는 이 유아차에서 나오면서 다시 태어난다.

묵직한 야심

어린 시절 희망 사항 중 하나는 문방구 사장이 되는 것이다. 원하는 장난감이나 학용품을 마음껏 얻을 수 있을 것 같아서 일 것이다. 하루는 아이가 토이저러스(Toys"R"Us) 사장이 되고 싶다고 이야기했다. 생각지도 못한 스케일이다. 어떤 면에서는 대통령이 된다고 하거나 노벨상을 탄다고 하는 것보다 아이에 맞는 꽉 찬 장래희망이었다.

도시인들에게는 농장이 필요해

　유치원에서 야외체험 행사로 서울 근교의 농장으로 나갔다. 아이들은 나가서 실제로 자라나고 있는 여러 채소를 보면서 즐거워했다. 사회가 고도로 전문화되고 도시화되면서 사람들이 먹는 것과 유리되는 상황이 벌어졌다. 그래서 음식의 고마움도 잊고 쉽게 투덜거리고는 한다. 한 번이라도 직접 수확의 경험이 있다면 먹는 것도 달리 보인다. 이러한 농장체험행사는 아이에게도 필요하지만 어른에게 더 필요한 것이 아닐까. 일상의 고마움을 일깨워주는 것은 물론이거니와 도시에서 축적된 인공의 독(毒)도 여과시킬 수 있는 경험이니 말이다.

아프면서 큰다

아이를 키우면서 항상 감사한 일은 아이가 건강하다는 것이다. 그렇다고 아예 아프지 않다는 것은 아니다. 두세 달에 한 번씩은 감기, 중이염 같은 것에 걸리고는 한다. 그럴 때면 꽤나 고열로 올라가는데 유아 때와는 달리 경험치가 꽤 쌓인 아내는 능숙하게 대처한다.

기분 탓인지 모르겠지만 아이가 아프고 나면 크는 느낌이다. 물론 시간이 지나서 크는 것도 있지만 아픈 과정을 겪고 나서 더 성숙하는 것 같다. 고통이라는 것이 신체적인 아픔도 있지만 심리적인 아픔도 있을 것이다. 인간으로서 아주 길어야 20세가 되면 성장은 멈춘다. 하지만 내적인 성장은 계속된다. 앞으로 아이는 이런저런 일을 겪게 될 것이다. 그때마다 성장해 나갈 것이다. 다만 아이가 너무 아픔을 겪지 않고 감당할 정도의 고통만 있기를 기도하고 노력할 뿐이다.

운을 필연으로

과학이 발전한 21세기에도 우리는 수많은 불확실 속에서 살고 있다. 사람이 통제를 못하는 부분은 "운"이라는 이름으로 결정된다. 아이를 키우는데도 상당한 운이 필요하다. 특히 아이가 유치원에 가면서 필요한 가장 큰 운은 좋은 선생님을 만나는 것이다.

홈스쿨링을 하면서 가정교사를 특별 고용할 것이 아니라면 선생님을 고를 수가 없다. 아이는 순전히 운의 영역에 맡겨진다. 친구들을 만나는 것도 운인데 친구들과의 갈등이 생길 때 교사가 개입하여 지도할 수 있다. 그래서 더욱 교사를 만나는 운은 중요하다.

성인이 된 후에는 선택의 영역이 커져서 수강하고자 하는 수업을 담당한 교수가 마음에 들지 않으면 다른 수업을 들으면 된다. 그리고 대학에서는 학생의 생활까지 지도하지 않는다. 반면에 유치원에서는 교육은 물론이거니와 생활까지 관장하기에 그 영향력이 더 크다. 유치원이나 교육당국에서는 아이들이 너무 운에 좌지우지되지 않도록 교사의 품성이 일정 수준이 될 수 있는 장치를 마련해야 한다.

동심의 눈으로 다시 본 일본

유치원에서 광복절에 대한 이야기를 아이가 듣고 온 모양이다. 하원 후에 아이는 나에게 "일본은 나쁜 나라야?"라고 물어보았다. "그렇다!"라고 단정을 지어서 말하기는 어려워서 대답을 잘하지 못했다. 과연 일본은 어떤 존재라고 이야기해야 할까. 이상적으로는 우리가 일본에 당한 폐해를 잘 설명하고 기억해야 할 것이다. 그렇다고 단순히 적이라고 돌려세우기는 어렵고 이웃 나라로 협력할 때는 협력해야 함을 강조해야 할 것이다. 문제는 이 이야기를 미취학 아동에게 설명하기는 어려웠다. 일단 친하게 지내야 하되 잊지 말아야 할 존재라고 말해두었다.

3부

나의 작은 악마, 작은 천사

사랑하고 괴로워하고, 또 사랑하는 시간

번거로움의 다른 이름은 작은 행복

아이는 작은 행동 하나하나 관심을 받고 싶어 한다. 그래서 때로는 번거롭기도 하다. 하지만 이러한 관심이 혹시 작은 행복이 아닐까. 물론 이 번거로움을 작은 행복으로 바꾸려면 부모에게 체력이 필요하다.

아이가 많이 하는 말 중 하나가 "나 좀 봐."이다. 내가 할 일을 하고 있어도 "나 좀 봐."라고 외친다. 계속 그러면 약간 짜증이 나는 것도 사실이다. 이 짜증은 체력부족이 원인이 아닐까 한다. 만약에 컨디션이 좋으면 아무리 "나 좀 봐."를 외치더라도 계속 봐서 오히려 아이를 지치게 할 수 있다.

요즈음 사람들이 육아를 힘들어하는 이유 중 하나는 아마도 아이를 너무 늦게 낳기 때문이다. 예전에는 출산을 일찍 하다 보니 부모도 체력이 좋았다. 이제는 20대 때 출산하는 경우가 드물어졌다. 오히려 40대 때 출산하는 경우도 어렵지 않게 볼 수 있다.

늦게 출산하면 경제적으로는 안정되는 장점이 있지만 체력이 떨어진다는 단점이 있다. 이 경제력과 체력의 길항관계를 타파하려면 꾸준히 운동해야 한다. 운동은 육아의 번거로움을 행복으로 바꿀 수 있게 하는 현금 같은 존재다.

공주라는 말의 무게

아이는 공주를 좋아한다. 그래서인지 공주 옷도 여러 벌 가지고 있다. 그리고 특별한 날이나 대외 행사 때는 그 옷을 입는다. 왕이 아닌 나로서는 다소 답답할 때도 있다. 하지만 공주가 아닌데 자꾸 공주로 참칭하는 것은 어린이의 특권일 것이다. 시간이 이 모든 공주와 관련된 행위를 치유해 주기를 해본다. 그때까지는 일단 공주라고 부르자. 내가 왕이 아닐 지더라도.

다행히 최근에 해봄의 〈공주의 규칙〉이라는 좋은 노래가 나왔다. 이 노래에는 "공주의 규칙! 공주답게 나는 살 거야. 궁전에서 살지 않아도 누가 뭐래도 공주에게 포기는 없어." 가사가 나온다. 21세기의 공주는 공주라고 자신의 의무를 잊거나 현실 자각 능력을 상실한 것이 아니다. 나의 걱정은 기우였던 것 같다.

육아의 내로남불

내로남불은 "내가 하면 로맨스, 남이 하면 불륜"이라는 현대식 사자성어다. 육아에도 내로남불은 중요한 문제다. 그중 하나가 어른은 핸드폰을 보면서 아이에게는 눈이 나빠진다고 핸드폰 사용하는 것을 금하는 것이다.

유치원을 다니는 시절에는 성격과 행동의 가소성(可塑性)이 큰 시기다. 아이가 원하는 모습이 있다면 솔선수범으로 아이의 품성을 도야할 수 있다. 만약에 자신이 꿈꿔왔던 모습이 있다면 꿈꿔온 모습을 실행에 옮겨야 한다. 그렇다면 자기 자신은 나이를 먹어 꿈꿔왔던 모습이 되지 못할지 모른다. 하지만 아이는 자기가 꿈꿔온 모습으로 자라나게 될 것이다.

책을 가까이하는 모습을 기대한다면 부모가 책을 읽으면 된다. 부모가 책을 읽는데 혼자서 핸드폰으로 유튜브만 보는 아이는 극히 드물다. 아이가 핸드폰만 보려고 한다면 부모가 핸드폰만 보려고 한 것은 아니었을까. 아이는 어른의 거울이다.

처가댁으로 여행 가자

　나는 서울에서 태어났고 본가도 서울이다. 그래서 명절은 늘 서울에 머물렀다. 그런데 지방이 고향인 여자와 결혼했다. 처가가 지방에 있어서 좋은 점은 갈 때마다 여행 가는 느낌이 든다는 것이다. 물론 그 여행을 다녀오면 다른 여행을 가고 싶지는 않다. 그래서 와이프와 갈등을 겪고는 한다. 와이프는 처가댁 가는 것을 여행으로 생각하지 않기 때문에 다른 곳으로 여행을 가야 한다고 본다.

　다행히 아이도 처가댁에 가는 것을 좋아한다. 나는 외동이지만 아내의 오빠네가 비슷한 나이 또래의 딸 두 명이 있다. 그래서 아이에게는 여행 이상의 의미가 된다. 물론 지방의 한 도시가 서울과 볼거리 경쟁을 하면 뒤처질 수도 있다. 하지만 그곳에 보고 싶은 사람이 있다면 그 어느 곳보다 좋은 여행지가 된다.

부모의 네트워크

육아가 어려운 이유 중 하나는 아이들의 관계가 아이들 사이에서만 이루어지는 것이 아니기 때문이다. 아이들 사이의 친분에 부모의 친분이 영향을 주는 경우가 많다. 예를 들어 유치원에서 하원한 후 친구의 집에 놀러 가려면 친구의 부모를 어느 정도 알아야 한다. 그래서 부모가 아닌 사람이 하원시키는 경우에는 그 아이도 소외되는 경우가 더러 있다. 이러한 상황은 맞벌이 부모를 감정적으로 어렵게 한다.

정부에서는 맞벌이 부모를 위한 여러 정책을 내놓는다. 이 정책은 분명히 선의를 가지고 시행되고 있지만 종종 예상보다 저조한 효과를 내거나 뜻하지 않은 부작용을 발생시키기도 한다. 아이를 안전하게 하원시키는 목적을 달성한다고 하더라도 아이들끼리의 우정이라는 요소가 배제될 수 있다. 몹시 힘든 일이지만 육아 정책에는 세밀함이 필요하다.

　아이가 유치원에 다녀와서 오늘은 지구의 날이기에 8시에 불을 꺼야 한다고 이야기했다. 내 아이가 내 나이가 되었을 때 지구는 어떨까. 기후위기라는 단어를 하루에 한 번은 듣는 시기가 도래하였다. 이산화탄소 발생량이 너무 많아 지구의 온도가 산업화 시대에 비해 1.5도를 초과하게 되면 이제 우리는 걷잡을 수 없는 시대를 맞이한다고 한다.

　기분 탓인지 모르겠지만 내가 유치원생이었던 30여 년 전보다 우리나라의 여름은 길어진 것 같다는 생각을 한다. 한 세대 만에 이 정도 변화인데 앞으로 어떻게 될지 생각하면 답답하기만 하다. 아무래도 내 코가 석 자인데 미래세대의 기후까지 현재 세대가 생각할 겨를이 없는 것도 사실이다. 하지만 인위적인 노력을 한다면 파국을 막을 수 있을지도 모르겠다.

　내가 어렸을 때는 프레온가스로 인한 오존 파괴가 심하다는 이야기를 들었다. 그래서 세계 각국 정부에서는 냉장고에 쓰이는 프레온가스를 규제한 바 있다. 결과적으로 오존 파괴가 더뎌졌고 우려할 만한 일은 아직 일어나지 않았다.

이런 면에서 아직 희망은 있다고 생각한다.

곽재식 작가는 『지구는 괜찮아, 우리가 문제지』라는 책에서 기후위기를 비롯한 여러 환경문제를 이야기하였다. 곽 작가가 제목에서 피력했듯이 사실 지구는 인간 없이도 아무런 문제가 없다. 지구에 살고 있는 인간이 문제이다. 지구의 날이라는 명칭을 인간의 날로 변경해야 할지도 모르겠다.

고래밥에 깃든 신선한 생각

　아이와 고래밥 과자를 먹는데 고래의 밥을 우리가 먹어도 되냐고 물어보아서 크게 웃었다. 전혀 생각지 못한 신선함이었다. 아이는 이렇게나 타성에 젖지 않은 사고를 한다.

어린이날은 언제 시작되는가

내가 언제부터 어린이날을 인식했는지 기억하지 못한다. 하지만 어른인 나는 나의 아이를 통해 언제부터 어린이날을 인지했는지를 알게 되었다. 6살이다. 5살에도 어린이날 선물을 사주기는 했지만 아이는 그날이 어린이날이어서 받는지 몰랐다. 하지만 6살 때부터는 어린이날에는 레고를 선물로 받고 싶다고 했다. 정확히 언제인지도 알고 그날을 기다리게 된 것이다. 이제 어린이날을 언제 졸업하는지 지켜보아야겠다.

자전거는 넘어져야 탈 수 있다

    아이에게 자전거 타는 방법을 알려주었다. 자전거를 탈 때의 핵심은 넘어져도 된다는 것이다. 오히려 넘어질 줄 알아야 금방 실력이 는다. 중요한 것은 잘 넘어지는 것이다. 그리고 툴툴 털고 일어나는 것이다. 넘어지지 않으려고만 하면 발전이 없다. 마치 실패를 하지 않는 자는 별로 한 것이 없는 것처럼 말이다. 어쩌면 요즘 금지옥엽으로 아이를 키우는 육아 방향은 아무것도 제대로 할 수 없는 아이를 길러내는 것은 아닐까.

    조선미 교수의 『영혼이 강한 아이로 키워라』를 읽어보면 "단계적으로 시련을 겪게 하라."라는 말이 나온다. 나는 이 말에 크게 동의를 한다. 시련이 너무 세면 아이는 무거운 좌절감이 인생 전체에 드리울지 모른다. 하지만 나이에 맞는 적당한 시련은 다가올 아픔을 이겨낼 수 있는 백신 역할을 한다. 이러한 의미에서 부모의 역할은 시련이 있다면 적당한 정도로 막아주는 것이 될 것이다.

집에서도 사회성이 필요해요

아내가 잡지를 읽는데 소녀시대의 권유리에 대한 기사가
나왔다. 아내는 아이에게 권유리가 예쁜지 엄마가 더 예쁜
지 물어보았다. 아이는 권유리가 예쁘다고 했다. 안타깝게
도 오답이었다. 내가 답했더라면 엄마가 비교도 안 되게 더
예쁘다고 했었을 것이다. 나중에 아이에게 바람직한(?) 정
답을 알려주었다. 꽤 중요한 가정교육을 한 것 같다.

하원하는 아빠들

　요즘 유치원에서 아이를 하원시키는 아빠들을 보는 것은 놀랄 일이 아니다. 그래도 아직은 엄마들이 훨씬 많다. 언젠가 하원하는 아빠들이 엄마보다 많아질 날이 올 수 있을까. 온다면 언제 즈음 올까. 사실 아빠들도 아이들을 하원시키고 싶다. 그렇게 하려면 하원 시간이 늦어지거나 아니면 퇴근 시간이 앞당겨져야 할 것이다.

　정부에서는 여러 양성평등 정책을 시행한다. 양성평등을 위해서는 일단 여유 시간이 필요하다. 높은 양성평등을 이룩한 소위 선진국의 특징 중 하나는 노동시간이 짧다는 것이다. 노동시간이 짧아야 아버지도 아이를 볼 수 있고 가사노동도 늘어난다.

근손실보다 책임감 손실을 걱정하며

아이가 블록을 가지고 놀다가 엎었다. 그래서 내가 블록 조각을 치우라고 했더니 자기가 하지 않았다고 도망갔다. 나는 이 일에 대해 문제의식을 느끼고 아이를 질책했다. 그랬더니 아이가 울음을 터뜨렸다. 이렇게 분명하게 책임질 일을 가르치는 것조차 쉽지 않다. 역시 사람을 키우는 일은 어렵다.

하지만 아닌 것은 아닌 것이다. 단순히 좋은 것이 좋은 것이라고 명백히 잘못된 일도 지적을 못한다면 그것은 아이를 위해서도 좋은 일이 아니다. 책임감은 저절로 생기는 것이 아니다. 시행착오와 단단한 마음으로 길러지는 것이다. 단단한 마음을 위해서는 마치 근육을 기르듯이 조심스럽게 단련해야 한다.

띠는 교환불가입니다

내 아이는 원숭이띠다. 요즘 띠에 대해 인식한 아이는 자신이 왜 토끼띠가 아니냐고 따지면서 띠를 바꾸고 싶다고 한다. 십이지(十二支) 중에 아이들에게 가장 인기가 있는 것은 귀여운 토끼일 것이니 이해가 간다. 띠는 바꿀 수 없다고 설명하는데 꽤 진을 뺐다. 그리고 뱀띠가 아닌 것이 다행 아니냐고 위로해 주어야 했다.

그리고 띠와 관련해서 아주 간혹 "그 애는 양띠여서 순해." 같은 상식을 어지럽히는 말을 듣고는 한다. 띠와 성격은 아무 상관이 없다. 특정 띠에 태어난 사람은 각기 다른 유전자를 가지고 태어났으며 각기 다른 환경에 처해있다. 양띠라서 순한 사람도 있지만 아닌 사람도 있다. 이 점도 아이에게 숙지시켜 주었다.

오빠아빠

    나는 와이프보다 4살이 많다. 그럼에도 우리는 서로 기본적으로 반말을 쓴다. 그런데 간간이 와이프가 나보고 오빠라고 부를 때가 있다. 그것을 들은 아이가 왜 아빠 보고 남편이 아니라 오빠라고 부르냐고 물어본다. 오빠와 아빠를 정확히 구분하는 것을 보니 많이 컸다.

    사실 호칭을 정확히 인지하는 것은 사회화가 되어가는 자연스러운 과정이다. 그래서 내가 장인어른, 장모님을 부르는 것을 지켜보고 아이도 나처럼 외할아버지와 외할머니를 장인어른, 장모님으로 불렀다. 그 후 아이가 왜 자기는 장인어른, 장모님이라고 부르지 못하냐고 물어보는 과정을 거친다. 이 모든 과정이 배움이다.

누가 국어를 쉽다고 말했는가

아이가 반말과 높임말을 구분하기 시작했다. 나는 나이든 사람들에게 높임말을 쓴다고 이야기했다. 영어는 세계 공용어이기에 우리나라 사람은 필수적으로 배운다. 영어를 배우다 보면 곤욕스러운 점이 여러 점이 있다.

특히 국어에는 없는 문법이 골머리를 앓게 한다. 예를 들어, 관사(a, an, the)는 영어 공부를 30년 넘게 공부했는데도 쓸 때마다 확신이 없다. 그리고 시제 중에서 과거와 과거분사의 차이는 아직도 감이 오지 않는다.

이렇게 생각하면 국어가 쉽다고 생각하는데 천만의 말씀이다. 우리가 국어를 쉽다고 생각한다면 그것은 우리가 오랫동안 썼기 때문이다. 외국인이 생각하기에 한국어의 어려운 점 중 하나는 역시 높임말이다. 어느 나라에나 존댓말은 있지만 나이, 직책, 사회적 지위까지 모두 고려하는 우리나라 높임말은 상당한 주의를 요구한다.

아이가 나에게 "난 반말 안 써."라고 재차 강조하였다. 지금 반말 쓰고 있는 것을 인지하지 못하는 것처럼 국어가 어렵다.

좋은 아버지는 누구인가?

나는 영화를 즐겨본다. 하루에 한 편 정도를 보는데 아이를 낳고 나서부터는 영화의 취향이 바뀌었다. 예를 들어, 예전에는 젊은 남녀가 만나 사랑에 빠지고 투닥거리는 로맨틱 코미디를 좋아했다면 근래에는 아이를 키우며 겪는 이야기를 더 좋아한다.

아이를 키우는 것에 대해 깊은 생각을 하게 해준 영화가 〈더 썬(The Son)〉이다. 줄거리를 간략히 설명하자면 뉴욕에서 잘나가는 휴 잭맨이 로라 던 사이에 젠 맥그레이스를 낳았다. 그런데 휴 잭맨이 젊고 예쁜 바네사 커비랑 사랑에 빠진다. 결국 로라 던과 이혼하고 재혼하여 새롭게 아이를 낳는다. 문제는 로라 던과 살고 있는 아들이 극심한 우울증에 빠져서 일상생활을 영위하는 데 큰 어려움을 겪는다. 이 상황에서 휴 잭맨은 아들을 위해서 이런저런 노력을 해보지만 아들은 자살하고 영화는 끝을 맺는다.

사실 줄거리만 보면 단순히 비극적인 이야기라고 볼 수 있다. 그런데 영화는 이 파국으로 치달은 과정을 잘 묘사한다. 예를 들어, 휴 잭맨은 아들이 왜 우울증에 빠져 지내는지 이해하지 못한다. 일단 금전적으로 부족함이 전혀 없었다. 그리고 휴 잭맨이 청소년인 시절일 때보다 어려운 일도 없어 보였다. 그래서 휴 잭맨은 학교를 빠지는 아들에게 도대체 무엇이 문제냐고 쏘아붙인다. 그런데 아들은 이렇게 말한다. "엄마와 나를 버리고 가지 않았냐고."

부모의 이혼으로 인한 상처가 아들에게 크게 남아 지워지지 않았던 것이다. 휴 잭맨은 자신도 인생이 있다고 나름 항변을 한다. 젊고 예쁜 여자를 사랑한 것이다. 가끔 외국에서 (정확히는 미국 영화) "난 더 이상 널 사랑하지 않아!" 하고 새로운 사랑을 찾아 떠나는 경우가 있다. 일부다처제가 아닌 이상에는 이런 경우 기존의 가정이 붕괴된다. 물론 사랑의 생물학적 유통기한이 짧다는 것은 이해가 된다. 그리고 잘 맞지 않는 배우자랑 계속 사는 것도 곤욕일 수도 있다. 하지만 자신의 인생을 살겠다고 자녀에게 상처를 주고 훌훌 떠나보내는 것은 무책임하다.

휴 잭맨은 이러한 상황에서 몹시 괴로워한다. 일단 휴 잭맨 자체가 아버지인 안소니 홉킨스에게서 비슷한 고통을 받았기 때문이다. 안소니 홉킨스는 바쁘다는 핑계로 아내가 아픈데 간병은커녕 병원에 병문안도 오지 않는다. 이에 휴 잭맨은 분개하게 되는데 그 증오했던 아버지 모습을 자신이 닮아갔기 때문이다. 휴 잭맨도 아들에게 너 도대체 뭐가 되려고 그런 식으로 사냐고 쏘아붙이는데 그것은 안소니 홉킨스가 휴 잭맨에게 했던 말이다.

　안소니 홉킨스도 휴 잭맨도 아들을 사랑했다. 그리고 아들을 위해서 저만의 방식으로 삶을 살았다. 다만 그들은 좋은 아버지가 되지 못했다. 그들이 금전적인 지원을 해주지 않아서가 아니다. 좋은 아버지인지 아닌지는 다른 사람이 세운 객관적인 조건이 아닌 아이의 판단에 달려있다. 아이가 아버지가 좋은 아버지였다고 생각하면 좋은 아버지인 것이다. 그래서 좋은 아버지는 한 가지 모습으로 나타나지 않는다. 주관적으로 인식된다.

맥락 없는 대화는 동심의 경계선

　가끔 엘리베이터에서 아이들끼리 맥락 없이 이야기하는 것을 보면 웃길 때가 있다. 예를 들어, 한 아이가 "우리 집에 킥보드 있다!!"라고 말했는데 다른 아이가 "피자 먹고 싶다!"로 대응하는 것이다. 그래도 맥락 없는 대화는 이어지고 서로 웃고 있다(어처구니가 없어서 나도 속으로 웃었다). 맥락이 없어도 이야기가 통할 시절이 동심의 경계선이다.

스타일을 설명하라

가끔 아이가 단어 뜻을 물을 때가 있다. 질문이 추상적인 단어일수록 설명하기가 어려워진다. 아이가 스타일이 뭐냐고 물어보았는데 나는 양태, 분위기 같은 또 다른 추상 단어로 설명했는데 효과적이지 못했다. 오히려 실례를 드는 것이 효과적이다. 예를 들어, 할아버지의 옷 스타일이 아버지의 옷 스타일과는 다르다. 이런 예를 통하니 조금은 이해하는 모양이었다. 적절한 예를 드는 교육은 효과적이다.

말 심은 데 말이 난다

욕을 쓰지 않는 바른 언어생활에 힘쓰고 있다. 특히 국어로 욕을 할 경우에 사람의 격이 떨어진다고 생각한다. 그래서 간혹 영어로 "Damn!!(제길)"을 외치고는 한다. 그런데 어느 날 좋지 않은 상황에서 아이가 "Damn!!"이라고 외쳐서 너무 놀랐다.

간혹 놀이터에서 욕을 쓰는 어린이들을 볼 때가 있다. 그 욕은 대체로 집에서 배운 욕들이다. 역시 아이는 어른의 거울이다. 아이에게 전해줄 것이 금융자본만 있는 것이 아니다. 언행을 비롯한 문화자본도 있는 것이다. 아이의 말이 빈곤해지지 않는 것은 부모에 달려있다.

즐거운 공부는 습관이 될 때 가능하다

공부를 업으로 삼은 나조차 공부는 때로는 귀찮고 버겁다. 그나마 공부를 쉽게 하려면 습관이 되는 것이 중요하다. 마치 숨 쉬는 것처럼 공부가 습관이 되어야 그나마 공부가 쉬워진다. 사실 궁극의 공부는 공부를 공부라고 느끼지 않을 때 가능하다.

예전 김연아 선수가 현역이었던 시절, 2009년 5월 17일에 방영된 〈퀸연아! 나는 대한민국이다〉라는 특집 프로그램에서 김연아 선수가 연습하던 영상을 본 적이 있다. 그때 촬영자가 연습하려는 김연아 선수에게 무슨 생각을 하면서 하냐고 물어보았다. 그때 김연아 선수는 "무슨 생각을 해…. 그냥 하는 거지."라는 대답을 한다. 나는 이 점에 공부의 핵심이 담겨있다고 생각한다.

꼭 학교공부가 아니더라도 어느 일에 숙련도를 가지기 위해서는 말콤 글래드웰이 언급한 1만 시간의 법칙처럼 수많은 시간의 노력이 필요하다. 그런데 노력할 때 모든 것을 인식하고 하려면 너무 피곤하다. 1만 시간의 길은 너무나 긴 시간이다. 1만 시간의 지름길은 아예 그냥 하는 것이다.

공부도 마찬가지이다. 그냥 해야 한다. 어느 날은 쉽고 어느 날은 어려울 것이다. 그런데 이를 모두 곰곰이 생각하면서 하면 긴 학습을 완주하는 것이 벅차다. 그냥 공부하는 습관이 인이 박이게 해야 한다.

천성적으로 공부를 좋아하지 않는 한 처음부터 이 경지에 오르기는 쉽지 않다. 다만 일단 앉아 있는 시간부터 늘려야 한다. 그리고 조금씩 공부량을 늘려가야 한다. 그러다 보면 공부에 대한 거부감이 줄어든다. 그리고 아주 오랜 시간이 흐르면 마치 아침에 깨면 몸을 일으켜 세우는 것처럼 공부하게 된다.

이 상태가 되면 공부가 재미있는 순간이 온다. 공부를 하면서 터득하는 재미가 있다. 이것을 느끼면 공부를 더하고 싶게 된다. 이 선순환이 진행되면 어느덧 공부를 잘하는 사람이 되어가고 주위에서 인정받게 된다. 그러면 더 잘하고 싶어진다.

다시 한번 강조하지만, 여기에서 공부는 꼭 국어, 영어, 수학 같은 공부가 아니어도 된다. 노래가 될 수도 있고 만들기가 될 수도 있다. 아이에게 스스로 좋아하는 분야에 꾸준히 할 수 있는 습관을 잡아주는 것은 어느 선물보다 더 중요하고 가치가 있다.

진실은 저 너머에

아이는 음정과 박자가 창의적이다. 자려고 침대에 누웠는데 아이가 자작곡 같은 노래를 부르더니 나는 가수라며 노래를 잘 부르지 않냐고 물어보았다. 나는 조금 뜸을 들이고 그렇다고 했다. 선의의 거짓말일까 아니면 비뚤어진 부정일까.

가끔 객관적인 평가를 언제 시작하는 게 좋을까 하는 생각을 한다. 왜냐하면 괜히 차가운 평가가 아이를 기죽이게 하고 어쩌면 잠재력도 저하시킬 수 있기 때문이다. 일단 유치원 다닐 때까지는 "우쭈쭈" 정신으로 일관하기로 결정했다. 그 후 초등학교 다니면서 조금씩 진실을 알려주기로 한다.

병원에 대한 새로운 해석

아이에게 고마운 점이 많다. 그중에 하나는 병원을 두려워하지 않는다는 점이다. 병원에 가보면 자지러지게 우는 어린이가 있다. 이러한 상황에 힘들어하는 부모도 힘들고, 병원이라는 두려운 곳에서 괴로워하는 어린이도 고통이다. 이러한 점에서 병원 가는 것을 즐거워하지는 않더라도 겁내지 않는 모습이 대견하다.

아이가 아프지 않더라도 검진 차원에서 가끔 병원을 간다. 특히 안과를 가려는데 내가 아이에게 전혀 무섭지 않음을 강조했다. 그러니 아이가 예전에 가보았다면서 그림 맞추는 곳이 아니냐고 물어보면서 좋아했다. 혹은 치과에 갈 때는 반지를 선물하는 곳이 아니냐고 흔쾌히 발걸음을 옮긴다. 이러한 자세는 부모의 육아 부담을 덜어준다.

발육영양제와
탈모방지샴푸 사이 어딘가에서

　부모의 관심사 중 하나는 아이의 키다. 친구가 키 크는 보조 영양제를 먹고 키가 5센티미터 자랐다는 이야기 듣고 어떤 분이 그 영양제를 대량 구매했다고 한다. 그런데 그 영양제가 없어도 (클 애는) 크지 않았을까. 마치 탈모 방지용 샴푸를 쓴다고 해도 머리카락이 빠질 사람은 빠지듯이 말이다. 만약에 아주 높은 확률로 효과가 있다면 영양제가 아니라 발육촉진 약으로 나왔을 터이다. 그래도 지푸라기 잡는 심정으로 먹어본다. 다만 부모로서 아이에게 해줄 만큼 해주었다는 심리적인 안도감을 주는 것 같다. 어쩌면 영양제는 심리적 안정감에 대한 비용이 아닐까.

층간소음 대 층간흡연

아파트 4층에 산 적이 있다. 그 당시 3층에 사는 사람이 우리의 발소리에 시끄러울 수 있다는 것을 잘 알고 있다. 그 래서 아이에게 집에서 뛰지 말라고 주의를 늘 주었다.

그런데 아랫집 누군가는 담배를 피웠다. 그래서 가끔 그 냄새가 우리 집으로 올라왔다. 갑자기 뛰고 싶은 충동을 느꼈다. 하지만 그러면 더 담배를 피울까 봐 조심했다.

이 문제를 비롯해서 다른 이유를 덧붙여 약간 한적한 곳의 단독주택으로 이사하였다. 확실히 층간소음, 층간흡연 문제가 싹 사라졌다. 뛰어다녀도 되고 심지어 줄넘기를 실내에서 해도 된다. 하지만 완벽한 것은 없었다.

단독주택의 문제는 아파트의 장점에 있다. 집에 무슨 일이 생기면 스스로 해결해야 한다. 아파트는 든든한 경비 아저씨가 있다. 그리고 아파트가 대단지일수록 체계적으로 문제해결 능력을 갖추고 있다. 웬만한 문제는 짧은 시간 안에 경비실에 말하면 해결된다. 그런데 단독주택은 스스로 경비 아저씨가 되어야 한다. 주방 하수구에서 물이 새고, 비가 많이 와서 지붕에서 비가 새는 등등의 문제를 스스로 책임지고 전문가를 불러서 가격을 협상해서 고쳐야 한다.

　게다가 아이를 키우는 데 불리한 점은 아파트에는 또래의 친구가 살 수 있다. 그래서 가까우면 다른 층, 멀리 가면 다른 동에 가서 놀다 올 수 있다. 하지만 단독주택의 경우에는 큰 마음을 먹고 놀러 가야 한다. 아파트의 장점을 층간소음, 흡연 문제로 인한 고통과 계산해 보아야 한다. 무턱대고 이사했다가는 층간소음, 흡연 문제 이상의 아픔을 느낄 수 있다.

작은 약속의 큰 무게

　밤에 아이가 자기 전에 아이스크림을 먹자고 했다. 하지만 이미 이를 닦았으니 내일 아침에 먹자고 대충 이야기했다. 그리고 아무 생각 없이 잤다. 그다음 날 아침에 아이는 일어나자마자 아이스크림을 외쳤다. 대충한 말도 누군가에게는 천금 같은 말이다. 약속했으면 지키자. 그래야 어른의 말에 위신이 선다.

잔소리계의 제갈량과 사마의

　나는 아내가 아이에게 하는 잔소리 투척이 메가톤급이라고 생각한다. 그런데 그보다 더한 사람이 있으니 우리 어머니이다. 잔소리 폭격기이다. 아이도 할머니는 잔소리쟁이라고 이야기할 정도이다. 두 분 모두 아이를 사랑하기 때문에 하는 말씀이라고 긍정적으로 받아들이고 있다.

　아주 제갈량과 사마의가 격돌하는 경우가 있다. 아무리 사마의가 애를 써도 제갈공명이 위에 있다. 나의 어머니는 집에 오자마자 아내에게 "고기를 먹여라."라고 수차례 훈시한다. 아무리 아내가 고기를 많이 먹이고 있다고 이야기해도 소용없다. 이럴 때 내가 할 수 있는 경우에는 조용히 제갈량의 말씀을 모두 따르고 있다고 굴복하는 것이다. 그래야 공격이 빨리 끝난다.

심지어에서 배우는 언어의 어려움

아이가 부채를 두 개 가지고 놀길래 할아버지께 하나 드리라고 했다. 그러니 아이가 "할아버지는 부채를 심지어 세 개를 가지고 있다."라고 거부했다. 그 후 자기가 말해놓고 "심지어"가 무슨 뜻이냐고 나에게 물어보았다. 은근히 설명하기 어려웠다.

그래서 국립국어원 표준대사전을 검색해보니 심지어(甚至於)는 "더욱 심하다 못하여 나중에는"이라는 뜻을 가지고 있었다. 그래서 아이가 말한 문장에 대입을 해보았다. "할아버지는 부채를 더욱 심하다 못하여 나중에는 세 개를 가지고 있다"가 된다. 어색하다. 하지만 분명히 아이가 심지어를 썼을 때는 꽤나 자연스럽게 의미가 전해졌는데 말이다.

사실 어떠한 언어든지 사전에 나온 대로만 사용되지 않는다. 그래서 사전을 통해서만 언어를 배우면 오히려 언어를 사용하는 데 있어서 어색해진다. 아무리 사전적으로 정확히 맞지 않더라도 쓰는 언어가 있다. 이래서 언어가 어렵고 재미있다.

약국에서 플렉스를 하다

집에 있던 텐텐(아이들이 먹는 영양제)을 내가 하나 먹었다. 그러니까 아내가 왜 내가 먹냐고 나를 혼냈다. 상심한 나는 약국에 가서 텐텐 큰 통 하나를 질렀다. 이 정도는 나도 할 수 있다.

아주 부유한 사람이 아니고서야 생활비를 생각하게 된다. 출산 후 생활비의 우선순위는 아이에게 맞추어져 있다. 그리고 아이를 위한 물품이 우선적으로 구비된다. 아내나 나는 당연히 후순위로 밀리는데 너무 밀리기만 하면 자존감이 서서히 침식된다. 심지어 텐텐조차 하나 떳떳하게 먹지 못한다면 사람으로서 기를 펼 수 있겠는가. 이럴 때는 돈을 필요 이상으로 쓸 필요도 있다. 물론 텐텐 한 통 정도까지는 괜찮지 않나.

동맹결렬

아이가 치즈를 먹길래 한 입만 달라고 했다. 그러니 아이가 싫다고 가버렸다. 그리고 아내에게 이를 이야기했다. 그리고 나는 아내에게 지적을 받았다. 거짓말을 하지 않아서 좋았지만 쓰라림도 있었다. 정직함의 비용은 고자질로 청구되는가에 대한 생각을 했다.

고작 세 명인 가족 구성원이지만 나름의 관계가 있다. 나와 아내, 아내와 딸, 딸과 내가 있다. 때때로 가까워지고 멀어지는 것이 여느 국가 관계와 같다. 그러다가 할아버지, 할머니가 국제기구처럼 들어와 역할을 하기도 한다.

늘 이 관계가 좋을 수만은 없지만 극단으로 치닫지만 않는다면 역동적인 관계는 오히려 인생을 풍성하게 한다. 하지만 치즈 한입을 주지 않고 고발하는 것은 너무하다. 소극적인 보복을 하고 싶지만 나는 아빠니까 관대하게 넘어가기로 한다.

'어른 되면 줄게.'라는 흔한 말

　　장인어른께서 아이에게 용돈으로 5만 원을 주셨다. 아내가 그 돈을 가로채 가면서 아이에게 어른이 되면 주겠다고 했다. 사실 이를 강탈이라고 보기 어려운 이유는 그 돈을 궁극적으로 아이에게 쓰기 때문이다. 그리고 온화한 가정 분위기라는 이자를 붙인다면 금상첨화이다. 돈이 이렇게 순환되면 나쁘지 않은데 그 돈을 바람직하지 않은 곳에 쓴다면 문제가 될 것이다.

내 인생의 원수

　아이와 같이 놀이터에서 노는데 어떤 애가 다른 애를 보고 "내 인생의 원수!"라고 소리를 질렀다. 나중에 알고 보니 형제였다. 외아들로 자라온 나로서는 도무지 이해하기 어려운 힘든 상황이다.

　나는 평생 형제가 없어서 형제에 무슨 존재인지 감이 오지 않는다. 친한 친구와도 조금 다른 느낌이라고는 들었다. 우애 좋은 형제들을 보면 약간 부럽기도 하다. 그러나 그렇지 않은 경우를 보면 차라리 외동이 더 낫다고 생각하게 된다.

　외동도 장단점이 있다. 나의 아이도 외동으로 살아가는데 장점을 더 생각하며 살아가라고 조언해 주고 싶다. 어차피 어떠한 선택을 하든 장점에는 단점의 그림자가 있기에 그 그림자를 쳐다보는 것이 아니라 장점의 밝은 모습에 집중하는 것이다.

아빠는 가수

내가 노래를 흥얼거리며 걸어 다니니까 아이가 나보고 "아빠 가수야?"라고 물어보았다. 나는 움찔하여 흥얼거리기를 그만두었다. 그리고 전문적으로 행동을 하지 않더라도 어떠한 행동을 할 수 있다고 말했다. 그리고 프로와 아마추어의 차이를 설명해 주었다. 특히 나는 돈을 받고 흥얼거리는 것이 아니므로 프로 가수가 아니라고 이야기해 주었다(그렇다고 아마추어 가수도 아니지만).

국립국어원에 따르면 프로페셔널이라 함은 "어떤 일을 전문으로 하거나 그런 지식이나 기술을 가진 사람"이고 아마추어는 "예술이나 스포츠, 기술 따위를 취미로 삼아 즐겨 하는 사람"이라고 아이에게 설명해 주며 직업의 의미에 대해 생각하게 되었다. 그런데 생각해보니 애당초 가수인지 아닌지 물어본 것이 아니라 시끄러우니까 조용히 하라는 뜻이었을까?! 사실 아마추어는 라틴어로 'Amator'에서 온 단어다. 이 뜻은 사실 사랑이라는 뜻이다. 조금 시끄럽더라도 사랑하게 해달라고 말해야 할까.

가내교육업

영어유치원을 비롯해 여러 학원을 보내는 것을 보면 교육비가 상당하다. 예를 들어, 영어유치원 교육비는 대학 등록금보다 비싸다. 나와 아내는 여러 과목을 아이에게 가르치는 가내교육업으로 아이에게 교육해야 할 지경이다.

미지근한 가을

아이는 어른은 생각지도 못하는 창의적인 표현을 하기도 한다. 예를 들어, 비행기가 지나간 자리에 구름 자국이 남았다. 이를 아이가 비행기 똥이라고 지칭했다. 귀여우면서도 창의적인 표현이다.

아이가 가을을 묘사하는 것도 재미있다. 여름은 덥고 겨울은 춥고 가을은 미지근하다고 했다. 꽤 창의적이었는데 "서늘하다."라는 단어도 알려주었다. 언어는 사회적인 약속이기 때문에 너무 창의적으로 사용하다 보면 놀림을 당할 수 있다. 그래서 창의적인 것도 좋지만 사회적으로 통용되는 제대로 된 단어를 어쩔 수 없이 알려주고야 말았다. 사회는 창의적인 인재를 원하면서도 창의적으로 나가면 찍어 누르는 이중적인 면이 있다.

육아계의 포플리스트

　가정마다 부모가 맡은 역할은 다르다. 우리 집의 경우에는 엄모자부여서 아내가 엄격한 역할을 맡고 있고 내가 다독여주는 역할을 맡고 있다. 사실 나는 아이를 키울 때 균형이 중요하다고 생각한다. 너무 엄격하게만 키워서는 안 되고 너무 오냐오냐 키워서도 안 된다고 본다. 그 중간의 어느 정도인데 부모가 역할을 나누어서 긴장을 풀어줄 수 있다.

　문제는 아이가 눈물을 보일 때 마음이 약해지면서 아이가 요구하는 대로 하는 경우가 있다. 이럴 때 아이의 인기를 얻겠다고 부탁하는 대로 하는 것은 당연히 좋지 않다. 아이의 현재와 장래를 위해서 지속가능한 습관을 키워주는 식으로 육아가 되어야 한다. 그래서 때로는 쓴소리도 필요한 것이다. 물론 그 쓴소리는 감정이 실린 분노가 아니어야 한다.

관계의 주름

이사를 해야 해서 다니던 유치원을 그만두게 되었다. 1년 반을 보내서 그런지 정도 들었던 곳이었고 좋은 친구들도 많이 생긴 곳이다. 마지막 날 아쉽게 선생님과 친구들과 작별하는데 보는 나도 좀 뭉클했다. 그럼에도 아이는 마치 다음 주에 다시 만날 것처럼 쾌활했다. 나도 일이 좀 많아서 감정을 쏟을 여력이 없었는데 잘 된 것 같다.

모든 것은 회자정리라 하지만 그것을 받아들이는 건 언제나 어렵다. 철학자 강신주 박사는 『철학적 시 읽기의 즐거움』에서 말했다. 내가 주름이 는 것은 여러 회자정리를 거쳤기 때문일 것이다. 아이도 나이를 먹으며 주름이 서서히 생긴다.

김장으로 한국인으로 거듭난다

　유치원에서 김장하는 행사가 있었다. 대규모로 김치를 만드는 것은 아니고 몇 포기의 배추로 김치를 만들어보는 체험행사였다. 그래도 이 김장 체험은 한국인의 정체성을 형성하는데 도움을 준다.

　대표적인 한국 음식이라고 하면 비빔밥, 불고기, 삼계탕, 떡볶이 등 다양하게 있을 것이다. 그래도 굳이 하나만 뽑자고 하면 김치라고 할 수 있다. 이 세상에 김치냉장고가 있는 나라는 한국밖에 없다. 그리고 그 김치의 종류만 하더라도 배추김치, 백김치, 물김치, 파김치, 갓김치 등등 어림잡아도 수십 가지가 넘는다. 그리고 김치의 범주를 조금 넓히면 깍두기, 동치미, 오이소박이까지 광대한 반찬의 세계를 보여준다.

　음식은 단순히 건강한 신체를 만들 뿐만 아니라 정체성도 만들어 준다. 김치를 만드는 일련의 활동은 한국인을 빚어낸다. 김장도 해보고 김치를 즐겨 먹는 아이는 진정한 한국으로 거듭난다.

근래 아이가 "대체"라는 말을 배워와서 엄청난 빈도로 사용한다. 예를 들어, "이거 뭐야?"라고 하면 될 것을 "이거 대체 뭐야?"라고 말한다. 한두 번은 대견한 느낌이었는데 계속 들으니까 단전에서 탐탁지 않은 율동이 느껴진다. 인간은 이렇게 간사하다.

그린보드의 의미란?

 아이가 영어를 배우는 데 칠판을 블랙보드라고 이야기해 주었다. 그랬더니 아이는 칠판은 검은색이 아니라고 말했다. 생각해보면 실제로 대개 칠판은 어두운 녹색 계열이다. 역시 아이의 눈은 직관적이다.

 사실 나이가 들면서 교육을 받고 지식이 누적된다. 이 지식은 세상을 보는 렌즈를 제공한다. 문제는 때로 렌즈로 인하여 세상을 보는 눈이 침침해진 것이 아닌가 싶을 때가 있다. 새로운 생각을 위해서는 참신한 생각을 해야 하는데 그럴 때 아이와 같은 눈을 가질 필요가 있음을 느낀다.

어떤 자랑

#장면 1

아이가 이가 흔들린다며 기뻐했다. 사실 이미 이가 빠진 친구가 있어서 알게 모르게 아이는 자신의 이가 빠질 날을 기다렸나 보다. 하여간 기뻐서 유치원 친구들에게 자랑했다고 한다. 자랑은 이렇게 주관적인 감정이다.

#장면 2

앞집 언니가 모기에게 물렸다고 말했다. 그랬더니 내 아이도 지지 않고 세 군데나 물렸다고 자랑했다. 좋지 않은 것도 다다익선으로 생각하게 하는 자랑에 대한 욕구는 실로 엄청나다.

근사한 삶의 태도는
적절한 사과에서 나온다

　아이가 징징거리길래 그러지 말라고 화를 냈다. 그러니 아이가 도망갔다. 우리는 한동안 소원한 사이가 되었는데 아이가 나에게 미안하다고 했다. 나도 마음이 편치 않았는데 고마웠다. 나도 화를 내서 미안하다고 했다.

　사실 사과는 쉬우면서 어렵다. 말로 하는 사과는 손해배상은 아니므로 돈이 들지 않는다. 그래서 말만 잘하면 된다. 하지만 그 말을 잘하는 데까지 심리적인 비용을 치러야 한다. 때로는 내가 잘못한 것이 없는 것 같은데도 사과를 해야 하기 때문이다.

　그리고 너무 오랜 시간이 지나서 하는 사과도 적절하지 않다. 1초 만에 사과할 필요는 없지만 일이 발생한 지 일주일은 넘기지 말아야 한다. 사실 우리는 별것 아닌 일에 상처를 주고받는다. 적당한 사과는 후시딘 같아서 악화될 만한 상처를 아물게 해준다. 심지어 실수했을지라도 사과를 제대로 하면 그 사람이 근사해지기도 한다. 나도 아이도 이 점을 유념해야 한다.

사촌 언니 안경을 쓰다

　나는 아이의 시력에 신경을 쓴다. 그 이유는 요즘 아이들이 디지털 환경에 많이 노출되어 시력이 쉽게 저하될 수 있기 때문이다. 이런 와중에 초등학교 4학년인 아이의 사촌 언니가 안경을 쓴다는 소식을 접했다. 경각심이 든다.

　시력을 결정하는 것에는 크게 두 가지 원인이 있다. 하나는 유전이고 다른 하나는 환경적인 요인이다. 일단 내가 안경을 쓰고 아내는 시력이 좋지 않아 라식수술을 받은 바 있다. 그래서 둘 다 초등학교 때부터 안경을 썼다. 이러한 상황에서 아이가 안경을 쓰지 않기를 바라는 것은 욕심일 수 있다.

　환경적인 상황도 시력에 국한에서 말하자면 내가 어릴 때보다 불리해졌다. 내가 어렸을 때 시력의 주적은 TV였다. 그리고 컴퓨터가 그 뒤를 이었다. 그런데 지금은 스마트폰 시대이다. 정말 가깝게 영상물을 보아야 해서 근시는 불가피할 정도이다.

그나마 다행인 것은 기술의 발전이다. 아버지께서 백내장 수술을 받으시고 시력이 좋아지셨다는 이야기를 들었다. 아버지께서는 70세 넘게 평생 시력이 좋지 않으셨는데 기술의 힘으로 할아버지가 되고 나서야 좋은 시력을 가지게 되신 것이다. 앞으로 기술이 발전할 것이라고 가정하면 스마트폰을 더 봐도 될 것 같다.

게임으로 공부하자

아이가 나와 같이 부루마블 같은 보드게임을 할 정도로 성장하였다. 당연하게 느껴지던 게임의 기본 규칙도 하나하나 설명해야 했다. 예를 들어 주사위를 던지고 윷놀이처럼 말이 시계방향으로 움직여야 한다는 것을 이야기해야 했다.

보드게임을 같이 하면서 놀란 점은 학습효과였다. 산수 공부는 지루하다. 그런데 부루마블을 하면서 해야 하는 호텔건설비 계산은 열심히 한다는 것이었다. 이것이 아마도 에듀테인먼트로서의 게임이 아닐까 싶다.

경제 관념은 생각의 품을 키우고

아이가 산타 할아버지가 사는 핀란드로 놀러 가자고 했다. 내가 핀란드에 갈 돈이 없다고 했다. 그러자 아이가 그러면 카드를 쓰면 된다고 했다. 이 일로 나는 아이에게 경제교육이 필요한 시점이 왔다고 생각했다. 사실 경제교육이라는 것이 단순히 돈 문제에 국한되는 것이 아니다. 자본주의 사회에서 경제는 아이를 품이 깊게 만들 수 있다. 우리가 선택하는 데 있어서 경제적 상황은 종종 고려된다. 그리고 때로는 우리는 돈 때문에 난처한 상황에 처하기도 한다. 그래서 인간과 사회를 이해하기 위해서는 경제문제를 파악하고 있어야 한다. 이것은 핀란드에 가는 비행기표라든지 핀란드의 높은 물가 문제를 넘어서는 세상사는 근본적인 문제에 귀착된다.

뽀뽀뽀는 살아 있다

아이가 〈따니네 만들기〉를 유튜브로 즐겨본다. 내가 내 아이 시절이었던 80년대 후반에는 〈뽀뽀뽀〉를 즐겨보았다. 어쩌면 볼 수밖에 없었다. 그만큼 선택권이 한정되어 있었다. 그런데 지금은 매체의 환경이 많이 바뀌어서 볼 것이 너무 많다. 이 변한 매체 환경에서 양육된 아이들은 어떠한 미래를 살아갈까.

나는 오랜 친구를 찾는 마음으로 〈뽀뽀뽀〉를 검색했더니 놀랍게도 〈뽀뽀뽀 좋아좋아〉라는 이름으로 MBC에서 방영되고 있었다. 뽀미언니(이제 뽀미동생이지만)도 아직 있었다. 그런데 이제는 "아빠가 출근할 때 뽀뽀뽀"가 다른 노래로 교체된 것 같다. 아직 명맥을 지키고 있어서 반가우면서 예전 같지 않은 위세에 아쉽기도 한 감정을 느낀다.

킥보드는 자가용

큰 아파트 단지 안에 있는 유치원에 다니게 되면 좋은 점이 유치원에 갈 때 자동차를 만나지 않아도 된다는 점이다. 근래 아파트 단지의 경우에는 자동차가 지하로 들어간다. 대신 아이들의 자가용이 위로 씽씽 다닌다. 나의 아이도 킥보드를 타고 유치원을 다닌다. 이 출퇴근용 자가용이 귀여운 것은 주차할 때이다. 유치원 옆에 가지런히 킥보드를 세워둔다. 이러한 준법정신이라면 대한민국의 미래는 밝다.

게임기의 교육지책

아이가 게임에 눈을 떴다. 스스로 뜬 것은 아니고 아이의 친구들이 게임을 해서 뜨게 되었다. 특히 닌텐도 스위치는 아이들도 할 수 있는 게임이 많다. 게임기를 구매할지에 대한 고민을 하다가 닌텐도를 사기로 했다. 다만 게임을 하면 눈도 나빠지고 시간을 낭비하는 기분이 들었다. 그래서 고육지책으로 닌텐도를 일본어로 하기로 아이와 약속을 하였다.

내가 노린 것은 두 가지다. 만약에 아이가 일본어로 게임을 많이 한다면 적어도 일본어를 자연스럽게 습득할 것이다. 혹은 아이가 게임기가 일본어로 되어 있어서 게임을 많이 하지 않는다면 게임을 적게 할 것이다. 어느 쪽이 되었든 괜찮은 결과였다. 어차피 게임을 할 수밖에 없다면 언어를 하나 습득하거나 적게 하는 장치를 걸어둔 것이다.

나도 어렸을 적에 게임을 했다. 기억나는 게임은 〈삼국지〉나 〈대항해 시대〉가 있다. 이 게임 덕분에 중국이나 세계의 전반적인 지리에 대한 감각을 익힐 수 있었다. 게임도 잘 쓰면 충분히 도움이 된다. 게다가 〈슈퍼마리오〉 같은 게임은 하나의 문화가 될 정도로 잘 알려져 있다. 그래서 여기저기에서 레퍼런스로 많이 쓰인다. 게임을 할 거라면 좋은 면이 극대화되게 만들어야 한다.

책은 대충 읽어도 돼

동네도서관에서 이달의 독서왕으로 선정되었다. 나는 도서관에 가서 꾸준히 책을 빌리는데 아마도 빌린 책 숫자를 기준으로 독서왕을 선정한 것 같다. 개인적으로 직업상 학술서를 많이 읽어야 한다. 그리고 직업이 아니더라도 책을 취미로 많이 읽는 편이다.

배움에 있어서 독서의 중요성은 아무리 강조해도 지나치지 않다. 그럼에도 독서하는 습관을 갖지 못하는 경우가 종종 있다. 독서에 취미를 못 가지는 이유 중 하나는 아마도 한 권의 책을 다 이해해야 한다는 부담감일 것이다. 부모가 아이를 위해서 빼곡하게 전집을 사주는 경우가 있다. 그러면 그 웅장함에 위세가 눌릴 수 있다.

차라리 도서관에서 한두 권씩 아이가 재미있어할 것 같은 책을 빌려 보는 것을 추천한다. 구매한 것이 아니니까 꼭 다 읽을 필요는 없다. 읽다가 반납하면 된다. 부담감을 갖지 않는 것이 핵심이다. 이렇게 책을 대충이라도 읽게 되면 조금씩 책을 읽는 요령이 생긴다. 그리고 책의 내용을 숙지하는 능력도 향상된다.

어느 정도의 책을 가까이하는 습관이 들었을 때 전집을 구매하든 양서를 구비하여 읽고 또 읽는 것이 좋다. 이때는 어느 정도 책이라는 존재 자체에 익숙해졌고 책을 꼭 정복의 대상으로 보지 않기 때문에 좋은 친구가 될 수 있다. 일단 시작은 책을 대충 보라는 것이다. 그렇게 시작하면 나중에 깊게 볼 수 있는 단초가 될 수 있다.

마음의 습관

　내가 아내에게 대하는 태도는 아이에게도 고스란히 영향을 준다. 항시 아내에게 고마움을 갖고 그 모습을 보일 때 아이는 온유하게 성장할 수 있다. 이러한 마음의 습관이 포근한 사람을 일군다.

인사가 만사

유치원에 입학한 모습이 대견하다. 걷기 시작한 것이 어제 같은데 어엿이 가방을 메고 등원하니 말이다. 유치원에서는 여러 가지를 배운다. 그중 가장 중요한 것은 인사라고 할 수 있다.

"안녕하세요?", "안녕히 계세요."를 제대로 하는 것으로도 어느 정도 인간의 됨됨이를 파악할 수 있다. 어른인 나도 친하지 않은 관계라고 인사를 너무 절약하는 것이 아닐까 하는 반성을 하고는 한다.

인사(人事), 말 그대로 사람의 일이다. 인사가 만사라는 말이 있다. 물론 이 말은 사람을 적재적소에 배치하는 것을 뜻한다. 하지만 외연을 넓혀 보자면 "안녕하세요."를 잘하는 것이 만사의 기초가 된다. 유치원에서 제대로 배우는 것 같다.

4부

육아의 꽃을 피우자

버티고 웃으며, 결국 우리만의 꽃을

같이 배우기

아이는 한글을 어느 정도 능숙하게 한 후 영어를 배우기 시작했다. 아이가 영어 공부를 할 때 같이 공부하기도 하는데 덕분에 많이 배운다. 올챙이가 영어로 'tadpole'이라는 것도 처음 알았다. 내가 어렸을 때 처음 알파벳을 배운 것이 국민학교 3학년이었다. 그것도 그 당시에는 빠른 것이었다. 왜냐하면 영어가 정규과정으로는 중학교 1학년에 시작했었기 때문이다. 내가 어렸을 당시에 어른들이 나보고 영어를 빨리 배운다고 이야기했었는데 같은 이야기를 내가 하고 있다.

영어뿐만 아니다. 다양한 과목을 기초부터 다질 수 있다. 국어만 해도 그렇다. 국어라고 하면 모국어로서 태어나서부터 지금까지 쓰면서 이제는 한국인으로 자신감 있게 소통하며 살지만 용어에 숨겨진 이야기들도 알 수 있다. 예를 들면, "따 놓은 당상"이라는 관용구가 있다. 지금은 아무런 생각 없이 쓰지만 아이와 같이 국어공부를 하는데 "당상"이 조선시대 당상관이라는 고위직책에서 왔다는 사실을 알게 되었다.

당상은 아무나 쓸 수 있는 것이 아니라 당상관만이 쓸 수 있었던 것이다. 그래서 당상관이 아닌 사람이 당상을 쓰면 이상해 보인 것이었다. 이러한 이유로 따 놓은 당상이라고 하면 확실하다는 뜻이 되었다고 한다. 아마도 아이와 같이 공부하지 않았다면 알기 힘들었을 것이다. 아이도 배우고 나도 배운다.

익숙한 하루, 행복은 덤

　가끔 현실이 불만족스러울 때가 있다. 그 와중에 아이에게 더 좋은 환경을 마련해주고 싶을 때가 있다. 더 좋은 집, 더 좋은 차, 더 좋은 교육(아마도 학원을 더 보내는 것이겠지만) 등등 셀 수 없다. 하지만 생각을 바꾸어 지금의 생활 수준을 지탱하는 것도 대단하다고 생각하다 보면 마음이 편해진다. 지금 아이가 행복하고 건강한데 도대체 무슨 문제가 있으랴. 행복은 아이가 〈영재발굴단〉 같은 곳에 나가야 얻어지는 것이 아니다. 〈금쪽같은 내 새끼〉에 출연하지 않을 정도가 되어도 충분한 것이다.

교육의 딜레마

아이를 가르치다 보면 딜레마에 빠진다. 그중 하나는 잘하는 것을 더 교육할 것인가 아니면 못하는 것을 보충할 것인가, 이다. 나의 아이의 경우에는 머리를 쓰는 부분은 평균 이상이지만 몸을 쓰는 부분은 평균 이하다.

아이는 잘하는 것을 하고 싶어 하고 못하는 것은 하기 싫어한다. 예를 들어, 영어나 한자 같은 언어 쪽은 굉장히 잘하는 편인데 당연히 아이는 영어나 한자를 할 때 칭찬을 받는다. 그래서 더 하고 싶어 한다. 반면에 방송댄스나 발레 같은 것을 할 때는 칭찬을 받지 못할 뿐만 아니라 잘못된 점을 지적받기도 한다. 그저 잘못된 점을 지적받았을 뿐인데 아이는 이를 꾸지람으로 받아들이고 위축되고 하지 못하는 것을 더 못하고 하기 싫어하게 된다.

타고난 적성과 재능이 있기 때문에 대부분의 사람은 모든 분야에서 뛰어날 수 없다. 다만 부족한 부분은 교육을 통해서 개선될 수 있다. 문제는 부족한 부분을 채울 때 고통의 과정이 수반된다는 점이다. 선생님의 질책을 쓴 약으로 받아들여 잘 반영한다면 크게 성장할 수 있다. 하지만 초등학생도 안된 아이에게는 작은 지적도 큰 상처가 될 수 있다는 점이 딜레마다.

이상적으로는 재미있게 부족한 부분을 배우면 된다. 마치 쓴 약성분을 가려주는 아이 입맛에 맞게 맛있게 나온 약처럼 말이다. 예를 들어, 수학을 즐겁게 배울 수 있는 학습만화가 그 예가 될 수 있다.

그런데 모든 교육이 그렇지 않다는 것이다. 이때 부모로서 결정을 내리고 도와주어야 한다. 일단 내가 결정한 것은 싫어하는 것을 하지 않되 아이 몰래 좋아하지 않는 부분에 친근감을 가질 수 있게 도와주는 것이었다. 예를 들어, 아이가 줄넘기를 잘 못 해서 하기 싫어하는데 아빠인 내가 직접 하면서 즐거운 척을 하는 것이다. 그리고 줄넘기를 한번 넘는 것에 성공하면 옆에서 박수를 치며 독려하는 것이다. 그리고 목표의 수준을 낮춰서 한 달에 한 개씩만 늘려나가게 하는 것이다. 그 어떠한 지적은 이 단계에서는 금물이다.

천재 아냐? 응, 천재 아냐

때때로 아이가 그리는 것을 보면 천재가 아닌가 싶을 때가 있다. 한번은 손바닥을 밑바탕 삼아서 닭을 그리는 데 매우 창의적이라는 생각을 하게 되었다.

다른 육아하는 사람들과 이야기를 나누다 보면 자기들의 아이가 천재인 것 같다고 생각하는 사람이 있다. 말도 안 되는 것 같지만 어떠한 면에서는 맞는 말이다. 사람마다 특출나게 잘하는 부분이 있기 때문이다.

물론 천재라는 기준이 아인슈타인, 모차르트, 피카소급으로 올라가면 천재라고 고려될 사람은 거의 없을 것이다. 하지만 수재 정도로 여겨질 구석이 있을 것이다. 그 구석을 잘 살려주는 것이 부모의 역할이 아닐까 한다.

아이를 낳고서야 부모님의 마음을 알 수 있게 되었다. 부모의 가장 큰 덕목은 '책임'이다. 어떠한 생명체를 창조하고 그 생명체를 어엿하게 성장시키는 것은 거대한 책임감이 따르는 일이다. 아이가 출세하고 말고는 차후의 일이다. 일단 건강하게 잘 키우는 일조차도 부단한 노력이 수반된다. 힘들다고 갑자기 부모 하기 싫다고 때려치울 수도 없는 노릇이다. 일단 낳으면 성인이 될 때까지 책임져야 한다.

나는 오랫동안 어버이날을 그저 카네이션을 부모님께 달아드리는 날이라고 생각했다. 그리고 어버이날의 의미는 머리로는 배웠지만 제대로 느끼지 못했다. 오히려 아이를 낳고 기르면서 부모님에 대한 고마움을 느끼게 되었다. 정말 감사합니다. 그리고 주신 그 사랑만큼이나 제 아이를 사랑하겠습니다.

　아이가 태어난 후 나는 아이의 전속 사진 기사처럼 아이를 카메라에 담으려 한다. 지나고 나니 역시 남는 건 사진이겠지만 사실은 사진은 기억을 왜곡하기도 한다. 왜냐하면 대체로 좋은 모습일 때를 담기 때문이다. 그래서 시간이 지나고 나서 사진을 보면 "그때가 좋았는데!"라고 말하기 십상이다.

　그럼에도 불구하고 사진을 찍어야 한다. 불과 작년에 찍은 사진의 아이는 올해와 달리 상당히 어리다. 돌아올 수 없는 시간을 포착하는 것이 역시 사진의 힘이 아닐까 한다. 그런데 요즈음 아이가 나를 찍어주기 시작했다. 마치 지금의 아빠 모습을 포착하려는 것처럼 말이다.

아이는 장난감 퍼즐을 즐겨한다. 꽤 집중해서 오래 앉아서 맞춘다. 사실 억지로 시켜서 무엇을 하려고 하면 1분도 제대로 앉아 있지 못한다. 그런데 자기가 흥미를 가진 것을 하면 1시간도 앉아 있다. 일단 무엇이든 흥미를 느끼고 작은 것이라도 성취해보는 경험이 아이의 미래를 위해서 도움이 될 것 같다. 그 집중한 시간이 행복한 것을 느끼게 해주고 싶다. 그러면 차후 공부(꼭 학업 공부가 아니더라도)는 스스로 할 수 있는 힘을 배양할 수 있다.

왜 우리는 국어를 잘할까?

아이가 킥보드를 타고 가다가 도보의 턱에 걸려서 넘어졌다. 그것을 본 내가 아이에게 턱을 조심해야 한다고 말해주었다. 그랬더니 아이가 턱을 매만지며 "턱을 조심하라고?"라며 반문하였다. 나는 전혀 생각지 못한 반문에 까르르 웃고 턱이 동음이의어로 존재함을 알려주었다. 새로운 단어를 이렇게 생활에서 체득한다.

사실 이것이 언어학습의 첩경이다. 단어장을 놓고 암기하는 것보다 생활 속에 녹아들어 있는 학습이 훨씬 효과적이다. 그 어떤 한국인도 단어장에다가 신체 일부분의 턱과 사물의 형태 턱을 써놓고 공부하지 않을 것이다. 언어는 이렇게 그저 그렇게 받아들여야 한다. 그래야 언어습득에 대한 스트레스도 없고 효과적으로 배울 수 있다.

귀경길의 상대성 이론

주말에 처가에서 서울로 돌아오는데 차가 밀려 5시간이나 걸렸다. 조금 힘들었지만, 차에서 디즈니 음악을 아이와 따라 부르며 오는 길은 나름의 경쾌함이 있었다. 같은 길도 어떻게 가냐에 따라 천양지차가 된다.

혼자서 진지하게 5시간 운전을 했다면 인생에 대해 근본적으로 고민할 정도로 심각해졌을 것이다. 하지만 아이와 노래를 부르면서 지낸 5시간은 재미있는 영화처럼 금세 지나간다. 같은 시간의 길이도 어떻게 누군가와 보내느냐에 따라 달라진다.

어떤 낯설음

내 아이는 말이 많다. 이렇게 저렇게 말이 되는 말, 안 되는 말을 계속한다. 그래서 귀가 아플 때도 있다. 그러다가 아이가 조용해지면 급격히 낯설어진다. 이러한 수다스러운 침묵에 심지어 불안해지기도 한다. 이렇게 나는 아이에게 길들여진 것 같다.

생활의 효심

　공원에서 아이가 떨어진 장미를 주웠다. 그리고 그 장미를 엄마에게 가져다준다면서 알뜰히 챙겼다. 아이 엄마는 장미를 받고 좋아했다. 효도라는 것이 꼭 어버이날 즈음 효도 여행을 시켜주어야 이루어지는 것은 아니다.

　효도라는 것은 각자의 방식이 있다. 내 경우 효도의 방식은 부모님 어깨를 주물러드리는 방식이 아니었다. 업적 위주의 효도라고 할 수 있었다. 예를 들어, 공부를 잘해서 명문 학교에 간다든지, 좋은 직장에 취직하는 것이다.

　효도의 방식은 여러 가지겠지만, 공통점은 자녀가 행복한 것이 효도라는 것이다. 나의 경우에는 내가 잘되는 것이 나의 행복과 깊은 관련이 있었다. 그래서 나의 성공이 효도로 여겨진 것일 수도 있다. 나는 내 아이가 어떻게 할 때 효도라고 느낄까. 그 효도의 이상향에 자신의 가치관이 담겨있다.

하버드를 너무 쉽게 이야기하는 시대

육아의 어려움은 높아진 기대에서 비롯된 점도 있다. 예전 어르신분들이 아이를 키울 때는 아이가 잘 되면 좋겠지만 하버드를 보낼 생각은 하지 않았다. 하지만 21세기는 국제화 시대이다. 하버드를 비롯한 세계 유수의 대학을 가는 학생들이 나타나기 시작했다.

덕분에 아이가 공부를 "조금" 잘하는 것처럼 보이면 서울대도 아니고 하버드를 이야기하기 시작하였다. 사실 하버드는 입학하기가 몹시 어려운 학교이다. 하버드에 진학하려면 단순히 우리나라식 공부만 잘해서는 안 되며 학교리더십활동, 봉사활동, 체육활동 등등 다방면에 탁월해야 한다. 혹은 자기만이 독특한 점을 계발시켜야 한다. 그 어느 것 하나 쉽지 않은 일이다.

황당한 것은 하버드 타령을 하는 부모는 서울대조차 가지 못한 경우가 다수라는 점이다. 공부 머리도 어느 정도 유전인데 집안에 하버드를 진학한 사람이 아무도 없는 것은 생각하지도 못하고 아이에게 공부를 강요할 뿐만 아니라 하버드를 운운한다. 게다가 부모는 그 와중에 책은 보지 않고 유튜브로 영양가 없는 연예인의 시시콜콜한 이야기나 보고 있다. 왜 하버드를 이야기하는지 모르겠다.

생각도 유전일까

　내 아이는 6월이 생일이다. 그런데 아이는 5월부터 들떠 있었다. 그러다 보니 갑자기 생일이 지난 다음 날부터 그다음 해 생일을 생각하는 아내가 떠올랐다. 이런 생각의 흐름도 유전이 되는 걸까. 아니면 아내가 하는 것을 보고 아이가 배운 것일까.

　리처드 도킨스(Richard Dawkins)는 밈(Meme)이라는 개념을 창안하였다. 밈이라는 것은 마치 유전자가 전해지듯이 생각이 전해진다는 것이다. 이는 생물학적으로 유전하듯이 생각도 전해진다는 것을 암시하는데, 같이 생활하는 시간이 길어질수록 시나브로 생각이 스며드는 것은 당연할지도 모르겠다. 괜히 예전부터 "콩 심은데 콩 나고 팥 심은데 팥 난다."라는 이야기가 있는 것이 아니다.

　만약에 이 밈이 사실이라면 내가 생각하기에 따라 아이도 영향을 받는다는 것이다. 내가 내 마음대로 키나 지능을 유전시킬 수는 없지만 생각은 전달해줄 수 있겠다고 생각한다. 이러한 의미에서 내가 향기 나는 생각을 하면 아이도 향기 나게 자랄 것이다.

우리나라는 전 세계적으로도 드물게 예수님과 부처님의 탄신일을 동시에 휴일로 지정한 국가이다. 사월 초파일 즈음하여 아이가 부처님오신날에는 왜 선물을 주지 않냐고 물어보았다. 아마도 크리스마스에 산타 할아버지가 오셔서 선물을 주셔서 그런 것 같다. 아이의 질문에 제대로 대답을 못하고 원래 석가탄신일에는 선물을 주지 않는다고 했다. 그러고 보니 성탄일을 예수님오신날로 해야 선물 주고받는 날이 아니라는 느낌을 덜 받겠다는 생각을 했다.

사생팬

아이가 아내가 화장실에 가는 데 따라가서 문 앞에서 똥을 누는지 오줌을 누는지 낄낄거리며 물어본다. 이에 나는 지나친 관심은 예의가 아니라고 일러두었다. 아무리 부모 자식 관계라도 선이라는 것이 있다. 서로의 사생팬이 되기보다는 한 발짝 떨어져서 같이 걷는 사이가 되어야 지속 가능한 관계가 될 수 있다.

생일은 무서워

6월은 아이의 생일이 있는 달이다. 생일에 무엇을 하면 좋겠냐고 물어보았다. 그러니 아이는 호텔에 가서 파티를 하면 좋겠다고 했다. 일단 생각해 보겠다고 했다. 확실히 내가 어렸을 때와는 차원이 다른 눈높이를 가진 것 같다.

내가 아이의 나이 때에는 호텔은커녕 집에서 친구들을 초대해서 각종 분식을 먹는 것이 파티였다(그렇다고 우리 집이 못 살았던 것은 전혀 아니었다). 그런데 호텔은 정말 언감생심이었을 뿐만 아니라 아동의 생일을 호텔에서 한다는 것은 사회상규에도 맞지 않을 법한 행위였다.

내 한 세대 앞인 부모님 세대는 생일파티는커녕 밥을 굶지만 않으면 다행인 시대였다. 한 세대가 넘어가면서 급격히 생일파티가 고급화되었는데 한편으로는 우리 사회가 잘살게 되었다는 생각을 하게 되는 한편, 한편으로는 부모의 입장에서는 생일파티가 부담되겠다는 생각을 한다. 내 아이의 아이가 생일파티할 때는 호텔도 국내 호텔이 아니라 해외 호텔에서 생일파티를 하려고 하지는 않을지 상상해 본다.

입맛의 전수

나는 낫또가 건강에 도움이 될 것을 알지만 좋아하는 편은 아니다. 반면에 와이프는 매우 좋아한다. 심지어 건강을 위해서 먹는 것도 아니다. 놀랍게도 어린이인 내 아이도 어린 나이에도 불구하고 낫또를 잘 먹는다. 입맛도 이렇게 전수되는 것일까?

고정관념일지는 모르겠지만 전라도 사람들이나 전라도 집안에 장가를 간 사람은 입맛의 기준이 높다고 생각한다. 워낙 전라도 집안사람들이 맛있게 잘 먹기 때문에 높은 기준치에 못 미치면 실망할 수도 있다. 즉, 집안에서 하드트레이닝을 한 것이다. 그러한 의미에서 나는 훈련이 부족하다.

입맛은 마치 피에르 부르디외(Pierre Bourdieu)가 논한 문화자본처럼 전수되는 것 같다. 입맛이라는 것도 훈련이 필요하다. 나는 해산물을 잘 즐기지 못하는 편인데 평소에 집에서 해산물을 다양하게 접하지 못했기 때문도 있다.

더 나아가서 음식을 만드는 손맛이 되었든 책으로는 배울 수 없는 암묵지(Tacit knowledge)로서 역할을 한다. 이 암묵지는 하루아침에 배울 수 있는 것이 아니다. 어깨너머로 오랜 시간을 투여하여 배우는 것이다. 이 역시 좋은 스승이 곁에 있어야 한다. 이런 점을 보면 가정이 얼마나 중요한 역할을 하는지 알 수 있다.

에이미(Amy)가 누군데?

#장면1

요리책을 보다가 수프(soup)가 나오길래 아이에게 다양한 수프가 있다고 말했다. 그러니 아이는 숲이라고 듣고 나무가 많은 것이 아니냐고 물어보았다. 국어와 영어를 같이 하는 아이에게 수프랑 숲은 비슷하게 들렸나 보다.

#장면2

부모님과 영상통화를 하는데 어머니께서 아내에게 애미라고 부르는 것을 아이가 들었다. 그러니 아이가 왜 엄마가 에이미냐고 물어보았다. 엄마 이름이 'Amy'가 아닌데 말이다.

국제화 시대에서는 이렇게 한국어와 영어의 동음이의어도 신경 쓰는 시대가 되었다는 생각을 하게 된다.

부부싸움은 아이가 없는 곳에서

　결혼생활을 하다 보면 싸우는 경우가 생기게 마련이다. 그런데 아이 앞에서 언성이 높아지는 경우에는 문제가 생기게 된다. 늘 좋은 모습만을 보여줄 수 있는 것은 아니지만 가급적 감정의 동반된 논쟁은 아이가 없는 곳과 시간에 해야 할 것이다. 그렇지 않으면 아이의 마음에는 지진이 일어날 테니까.

21세기는 바야흐로 영어의 시대이다. 동서고금을 불문하고 강대국의 언어는 기회가 가장 많다. 그래서 강대국의 언어를 배우는 것은 당연한 일이다. 그동안 많은 언어가 글로벌 언어로서 각축전을 해왔다. 영어, 스페인어, 프랑스어, 러시아어, 중국어가 패권의 자리에 도전했었다. 진정하게 세계화된 지금은 영국에 이어서 미국의 시대로 이어졌기 때문에 영어는 그 최고의 자리로 잡았다.

우리나라의 경우에는 미국의 영향력이 지대하다. 일단 미국이 일본에 핵탄두를 두 개 떨어뜨리는 등 패퇴시켰고, 북한의 침공에 의해 절체절명 상태에 있었을 때 인천상륙작전을 통해서 전세를 역전시켰다. 그리고 우리나라가 경제발전하는데 가장 중요한 역할을 하였다. 그래서 우리가 영어를 배우는 것은 당연하다.

하지만 우리만 영어를 배우는 것이 아니다. 강대국으로 떠오른 중국에서도 영어교육은 필수다. 미국에 태평양 전쟁에서 패망한 일본인도 영어를 배우는 데 열성적이다. 또한 자존심 센 프랑스 사람들도 영어를 쓴다. 세계 대부분 나라의 도로표지판을 보면 그 나라 언어와 영어를 병용해서 쓴다. 이 정도로 영어는 세계 공용어로 입지를 다졌고 이러한 세계 공용어를 배우는 것은 당연한 일이다.

이러한 영어의 시대에 영어교육에 대한 의구심을 갖게 하는 것은 기술의 발전이다. 사실 나는 고등학교 때까지 종이로 된 영어사전을 사용하였다. 그리고 대학에 와서 딕플 같은 전자사전을 사용했다. 전자사전은 종이사전에 비해 훨씬 가벼웠는데 영어는 물론이거니와 옥편, 일본어 등 다른 사전 기능까지 있어서 가히 혁신적이었다. 하지만 불과 10년도 지나지 않아 우리는 인터넷 검색으로 쉽게 단어를 찾아볼 수 있게 되었을 뿐만 아니라 파파고같이 실시간 번역을 해주는 프로그램까지 나오게 되었다.

지금도 인터넷이나 앱에 번역기능이 있지만 어색한 경우가 있다. 하지만 몇 년 후 기술이 더 발전하면 이런 부자연스러운 번역은 급격히 감소할 것이다. 게다가 시간이 조금 더 지나면 우리가 한국어를 하면 저절로 영어로 변화되고 상대방이 영어로 말하면 한국어로 자동적으로 번역되어서 들릴 것이라고 생각한다. 그렇다면 구태여 영어에 많은 시간과 돈을 들일 필요가 없다.

그렇다면 영어교육은 필요 없는 것인가? 나는 그렇지 않다고 생각한다. 미래에는 실용적인 측면에서는 영어를 배울 필요가 없을 수도 있다. 그런데 교양으로서의 언어교육이 필요하다. 언어를 배운다는 것은 단순히 소통의 도구일 뿐만 아니라 상대방 문화를 배우는 것이기 때문이다. 삶을 풍성하게 해준다는 점에서 언어교육은 미래에도 계속될 것이다. 다만 암기(혹은 문법) 위주의 딱딱한 교육은 사라지고 흥미 중심의 언어교육으로 가야 한다. 왜냐하면 딱딱한 교육의 가치는 기술의 발전으로 사멸할 것이기 때문이다.

언어유희의 즐거움

　내가 아이에게 과천에 있는 과학관에 가기로 마음을 먹었다고 했다. 그러자 아이가 마음을 어떻게 먹냐고 물어보았다. "냠냠" 먹냐고 놀렸다. 허를 또 찔렸지만 그래도 이 정도의 언어유희가 될 수 있다는 점에서 뿌듯한 면도 있다.

육아를 하면서 일상의 고됨도 있지만 장기적으로 고심이
되는 점도 있다. 그중 하나가 아이의 진로이다. 물론 초등학
교도 진학하지 않았는데 무슨 진로냐고 생각할 수도 있다.
하지만 근래 급격히 발전하는 인공지능을 보고 있자면 앞날
이 깜깜하다.

내가 아이의 나이였던 1980년 말에는 집에 컴퓨터도 없
었던 시절이었다. 전화도 무선전화가 갓 나오던 시절이었
다. 이 당시에는 1997년 말에 올 금융위기 전이어서 우리나
라는 전반적으로 계속 경기가 상승하던 시절이었다. 그래서
서울에 있는 대학만 나오면 취직 걱정은 전혀 하지 않았던
것 같다.

시간이 지나 금융위기가 터지고 "평생고용"이라는 개념에
큰 타격을 주었다. 그리고 전반적으로 저성장 시대에 들어
가면서 예전처럼 서울에 있는 대학을 나온다고 취직이 저절
로 되는 시기가 가버렸다. 서울에서도 상위권 대학에 가야
하던 시절이 도래하였다. 21세기에 입학한 학생들은 학점,

영어, 봉사활동, 자격증 등을 준비했다. 왜냐하면 명문대라고 하더라도 취직이 된다는 보장이 없었기 때문이다. 그래서 여러 스펙을 잘 갖추면 취직할 수 있었다.

하지만 내가 대학을 졸업한 후인 2010년에는 상황이 더 각박해졌다. 일단 대기업에서 공채라는 이름으로 대규모로 사람을 채용하는 경우가 드물어졌다. 그리고 기본적인 스펙은 물론이거니와 자신의 개성을 보일 수 있는 특색 있는 무언가가 있어야 했다. 이것들을 준비하는 것이 말은 쉽다. 실제로는 오랜 시간의 노력이 요구되는 일이다. 이런 노력을 하고도 취직될지 안 될지 모르게 되었다. 이 와중에 인공지능 발달로 인하여 고급인력인 회계사나 세무사가 인공지능 프로그램으로 대체된다는 이야기도 나오기 시작한다.

이런 영향으로 최근에는 의대에 쏠림이 심하다. 다른 직업은 부침이 있고 불확실하지만 의사는 기술이 확실하고 그 수가 정해져 있어서 곤궁하게 살지 않을 것이 분명하기 때문이다. 그런데 이 의사 직종도 지금은 괜찮고 앞으로 일정 시간은 지탱될 수 있을 것이다. 하지만 기술이 더 발전하여 변곡점을 넘으면 어떻게 될지 모른다. 내 아이가 본격적으로 대학을 졸업하고 돈을 벌 20여 년 후에도 의사가 건재할 것인가. 건재하더라도 모든 사람이 의대에 갈 수 있는 것도 아니다.

　이러한 팍팍한 상황에서 아이는 무엇을 하고 살아야 할지 답답한 것이다. 불행 중 다행인 것은 나만 그런 것은 아닌 것 같다. 사람의 대부분은 이러한 고민을 할 것이다. 『시대예보』를 쓴 송길영 작가는 차라리 좋아하는 것을 하라고 말한다. 그리고 사회적으로 잘 되면 더 좋고, 안되더라도 좋아하는 것을 했으니 그걸로 되었다고 이야기한다. 나는 이 주장이 마음에 와닿았다. 아무리 생각해도 발전하는 기술 앞에 아이가 당해낼 재간이 없다고 생각한다. 그림만 하더라도 인공지능은 짧은 시간 안에 심지어 창의적으로 그림을 생산할 수 있다. 도무지 인간이 따라 할 수준이 아니다. 그래서 차라리 그림을 좋아하는 대로 배우고 그리다가 잘되면 좋고 안되면 어쩔 수 없는 식으로 가야 할 것 같다. 물론 무책임하게 들리지만 앞으로 인공지능의 시대에는 이 방법 외에는 큰 대책이 없어 보인다.

곤욕스러운 질문

나는 아이에게 "엄마가 좋아, 아빠가 좋아?"라는 질문을 하지 않는다. 왜냐하면 아이가 곤욕스러울 수 있기 때문이다(물론 엄마가 좋다고 할 가능성도 있기 때문이다). 그런데 아이가 나에게 "엄마가 좋아, 내가 좋아?"라고 물어보았다. 마치 썰렁한 개그를 하는 사단장 옆에서 억지 웃음을 보여야 하는 병장처럼 곤욕스러웠다.

김유신이 말목을 잘랐다고?

아이가 노래 〈한국을 빛낸 100인의 위인〉을 다 외웠다. 그런데 최근 김유신 위인전을 같이 읽는데 아이가 "앗 말목 자른 김유신!!" 하는 것이었다. 그리고 김유신을 이야기할 때 다른 업적은 다 제쳐놓고 말목을 잘랐다는 점을 강조한다.

사실 김유신이 말목을 자른 사건은 아이들에게 가르치기 조금 부적절하다. 일단 김유신이 말목을 자른 연유의 근원은 김유신이 화랑 시절 무술 훈련이 끝나고 술집에 갔다는 것이다. 그 술집에서 천관이라는 여자를 만났다. 이를 근심하던 김유신 어머니께서 큰일을 해야 하는데 술집에 다니는 것을 근심하고 질책한다. 그래서 김유신이 대오각성하고 술집에 가지 않겠다고 다짐한다. 그런데 하루는 김유신이 잔칫집에서 과음한 후 말 위에서 잠이 드는데 말이 자율주행 차마냥 천관이 있는 술집으로 간 것이다. 이를 보고 김유신이 말을 잘못 길들였다면서 말의 목을 자른다. 일단 학생이 술을 마시는 것이 문제다. 그리고 자신이 술을 많이 마셔서 문제가 생긴 것을 말에게 책임을 넘긴 것도 문제다. 게다가 자신의 잘못을 뒤집어쓴 말을 죽일 필요는 없었는데 잔인하게 죽인다. 이 모든 것이 문제다. 물론 그 당시에는 이런 것들이 문제가 전혀 되지 않았을지는 모르겠다. 하지만 21세기를 살아가는 현대인에게는 문제의 소지가 있다. 가사를 바꾸어야 하지 않을까.

게다가 이 노래를 듣다 보면 이 사람들이 과연 위인인가 하는 가상인물도 나온다. 예를 들어, 이수일과 심순애도 나온다. 제목을 바꾸거나 위인의 조건을 바꾸어야 할 것 같다. 이러한 문제점을 나만 느낀 것은 아닌 것 같다. CBS라디오 방송인 〈이강민의 잡지사〉에서는 곽재식, 썬킴, 박광일과 함께 시대에 맞게 개사하였다. 전문성과 재미를 둘 다 살렸는데 이 가사로 바꾸어 봄직하다.

당근이 다이아몬드라면

아이도 다이아몬드를 안다. 나는 다이아몬드의 크기는 캐 럿(carat)이라는 단어로 측정한다고 말했다. 그러니 아이가 다이아몬드를 무슨 당근(carrot)으로 측정하냐고 물어보았다.

영어유치원을 다닌 효과를 드문드문 느끼고는 한다. 아마 이러한 별것 아닌 대견함에 영어유치원을 보내는 것도 있는 것 같다. 영어유치원을 다니지 않아도 캐럿이 당근임을 알 수 있겠지만 그러지 않을 확률이 더 높다.

당근은 한 예시일 뿐 아이는 두 개의 언어를 같이 하는 것 이다. 어릴 때 두 개 이상의 언어를 배우는 것에 대한 의견 은 긍정적인 입장과 부정적인 입장으로 갈리는 것 같다. 아 이가 언어에 재능이 있다면 나는 긍정적으로 본다. 재미만 있다면 세 개도 괜찮다고 생각한다.

이런 이야기를 하는 것은 나 자신이 국어, 영어, 중국어를 하고 내 직장 스웨덴 동료가 스웨덴어, 영어, 독일어를 한 다는 것에 비롯된 것 같다. 물론 두 경우만 가지고 성급하게 일반화하기는 어렵다. 하지만 아이가 진절머리를 내지 않는다면 여러 언어를 자연스럽게 하는 것은 교양으로서도 도움이 된다고 생각한다.

간지럼의 훈육

아이가 조부모님께 이유도 없이 소리를 버럭 지르길래 나는 그러지 말라고 엄중히 경고했다. 하지만 아이는 또 고함을 질렀다. 나는 좌시하지 않고 간지럼을 태우고 그러지 말라고 했다. 일단 잠잠해졌다.

사실 훈육은 어려운 일이다. 나는 체벌은 바람직하지 않다고 생각한다. 하지만 때로는 언어적인 교육으로만 행동을 교정하는 데는 한계가 있다. 그리고 그 언행이 언어폭력일 경우에는 체벌과 마찬가지로 부작용을 낳을 수 있다. 그래서 내가 찾은 대안은 무자비한 간지럼을 태우는 것이다. 간지럽히면 웃음은 나오지만 한편으로는 괴로운 일이다. 그래서 간지럽히는 것을 훈육의 도구로 쓰고 있다. 즉각적인 효과가 나오는데 아직 그 부작용이 무엇인지는 모르겠다. 부디 그 부작용이 있더라도 적길 바랄 뿐이다.

장난감 때문에 둘째를 낳을 순 없어

장난감 때문에 둘째를 낳을 순 없어

예전에는 즐겁게 가지고 놀던 장난감을 아이가 더 이상 가지고 놀지 않는 경우가 더러 있다. 그러면 장난감은 방치된다. 그 방치된 장난감을 보면 아이를 더 낳아야 본전을 뽑을 것 같다는 느낌이 든다. 하지만 알고 있다. 장난감 때문에 둘째를 갖는 것은 무척 무모한 일이라고 말이다.

사실 아이를 키우면서 하지 말아야 할 생각 중의 하나는 본전을 뽑겠다는 생각이다. 아이에게 장난감을 사주고 그 장난감을 아이가 잘 이용하면 그만이다. 자본주의 사회에 산다고 자꾸 자본주의 논리를 육아에 대입하면 정신적으로 피폐해진다. 왜냐하면 기본적으로 육아라는 것이 돈이 되는 활동이 아니기 때문이다. 육아에서만큼은 돈이 아닌 다른 논리를 적용할 필요가 있다.

비극적인 축복

요즘 육아에서 예전 육아에 없는 것 중 가장 큰 차이점은 스마트기기와 유튜브다. 이는 부모들의 육아의 짐을 확연히 감소시켰다. 찡찡거리는 아이도 유튜브를 틀어주면 조용히 있는다. 그래서 식당에 가서 아이에게 유튜브를 틀어주고 밥을 먹는 것을 보는 것은 놀랄 일이 아니다.

이 축복에는 걱정거리가 있다. 과연 아이들이 유튜브를 보고 어떻게 자라날 것인가이다. 일단 시력 문제는 차치하더라도 자극적인 영상에 쉽게 노출된 아이들이 사회성에 문제가 생길 수도 있다. 유튜브를 과도하게 보면 알고리즘에 갇혀 편협한 생각을 할 수 있는데 아동들에게는 더 크게 나타날 수 있다.

하지만 스마트기기의 영향을 아직 확실한 결론을 내릴 수는 없다. 그 이유 중 하나는 유튜브가 창립된 것은 2005년이고 아이폰이 처음 나온 것이 2007년이다. 스마트기기와 유튜브가 결합되어 육아에 영향을 준 것은 15여 년에 불과하다는 것이다. 그래서 스마트기기가 사회성에 어떠한 영향을 주는지 정확히 알 수는 없다.

　새로운 매체가 아이에게 영향을 어떻게 주는지 정확히 알 수 없는 상황에서 우리가 할 수 있는 일은 중용을 지키는 것이다. 지금은 상상하기 어렵겠지만 텔레비전이 처음 나왔을 때 당시 어른들은 아이들이 너무 텔레비전만 본다고 텔레비전을 "바보상자"이니 조심하라고 했다. 스마트기기 이용이 불가피한 이 시대에 과유불급이라는 생각을 항상 가지고 적당히 이용할 수밖에 없는 것이 아닌가 한다.

　　나는 역사책을 읽는 것을 좋아한다. 우선 내가 꼭 대단하지 않아도 된다고 생각하게 된다. 역사를 보면 동서고금에 많은 왕들이 있었다. 하지만 우리가 기억하는 왕은 손에 꼽는다. 그리고 수많은 고관대작이 있었다. 그러나 우리는 그 고관대작들을 기억하지 않는다. 우리는 잠깐 길어야 100년 살다가는 존재인 것이다. 상당한 노력과 운이 겹쳐야 할 수 있는 출세에 눈이 멀어서 현재의 행복을 놓치는 것은 아닌가 싶다. 그저 스스로 좋아하는 의미 있는 일을 하면서 가족과 단란한 생활을 하는 것이 중요하다는 생각을 하게 된다.

　　그리고 역사책을 보면 타산지석으로 삼게 되는 경우가 많다. 예를 들어, 조선 시대에 세자는 너무 중요한 존재이다. 그래서 너무 금지옥엽처럼 키우는 경우가 있다. 하지만 그러다 보면 부모 관계가 틀어지고 비극이 발생하는 경우가 있다. 영조와 사도세자가 그 경우인데 영조는 사도세자에게 거대한 기대를 걸었다고 한다. 그래서 너무 가혹한 스파르타식 교육을 시킨 모양이다. 아버지의 과도한 관심과 높은 기대치 때문에 사도세자는 말 그대로 미쳐버렸다. 그 와중에 그 아버지는 아들을 죽게 만드는 참극이 발생해버렸다.

영조와 사도세자의 이야기가 단순히 역사적인 일은 아니라고 생각한다. 상황은 다르지만 꽤 많은 부모가 자녀에게 너무 심한 기대와 과도한 학습을 시키고 있다. 물론 표면적으로는 자녀를 위한 것이다. 하지만 과연 그것이 자녀를 위한 것인지 아니면 자기만족 때문인지 모를 지경이다.

이 과도한 기대와 교육에 부응하는 초특급 능력을 가진 극소수의 아이를 제외하고는 부작용이 나타날 수 있다. 작게는 변태적인 행동을 한다든지 크게는 사도세자마냥 정신병에 걸릴 수 있다. 만약에 영조가 너무 강하게 몰아세우지 않았다면 어떠했을까 하는 생각을 한다. 이런 의미에서 아이에게 공부를 많이 하라는 말을 못 하겠다.

변화는 자발적일 때 효과적인 법

집에서 아내는 아이에게 우유를 강력하게 권장한다. 그런데 잘 마시지 않았다. 그러는 도중 사촌 언니가 우유를 마시고 키가 커졌다는 이야기를 아이가 귀동냥하고 나서는 계획표를 세워서 두 컵씩 마시기 시작했다. 무엇이든 스스로 동기부여가 되어야 한다.

약해빠진 녀석들

여름이다. 아이가 덥다고 에어컨을 틀자고 아우성친다. 내가 보기에는 그렇게 덥지 않았다. 그래서 아직 에어컨은 아니라고 생각했다. 하지만 아이의 줄기찬 요청에 에어컨을 틀었다.

내가 어릴 적에는 당연히 에어컨은 없었고 대학에 입학하면서 집에서 처음 샀다. 물론 여름은 더웠다. 하지만 에어컨 없어도 선풍기를 틀고 그럭저럭 버티며 살았다. 이런 삶을 살았으니 조금만 더우면 에어컨, 조금만 추우면 히터를 외치는 아이가 약해빠졌다고 생각한 것도 당연하다.

하지만 약해빠진 것은 아이뿐만이 아니다. 나도 나보다 어른이 보기에는 약해빠졌다. 작은 고모와 나는 같은 대학을 나왔다. 내가 대학에 입학했을 때 학교 이름으로 된 지하철역이 생겼다. 그럼에도 집에서 가려면 1시간 정도 걸렸다. 이 통학 시간을 투덜대자 고모는 여러 차례 버스를 갈아타서 더 걸렸다고 응수했다. 그리고 나를 약해빠진 녀석 취급을 했다. 고모의 눈에는 분명 나는 약해 빠진 녀석이다.

이러한 예는 무수히 많다. 예전에는 "밭에서 일을 하다가 애를 낳았다.", "밤에 화장실에 가려면 바깥으로 나가야 했다.", "고기반찬은 1년에 한 번 먹었다." 등등 역사책에서나 나올 법한 이야기를 어른들 세대에서는 겪는 사람이 있었다. 차츰 상황이 좋아지면서 사람들은 약해빠져 버리고 있었다. 그래서 약해빠진 나조차도 아이를 보면 더 약해빠졌다고 생각하게 된 것이다. 만약에 이 추세가 계속된다면 아마도 인간은 모든 일을 인공지능을 탑재한 기계에게 맡기고 아무것도 못 하고 매우 유약한 존재가 될 수도 있다고 생각한다.

할로윈: 새로운 명절의 탄생

요즘 아이들에게 할로윈은 어린이날에 버금가는 명절로 떠올랐다. 체감으로는 설날, 추석, 그리고 크리스마스 다음의 서열에 오른 것 같다.

이미 기성세대인 나는 한국인에게는 정체도 파악 안 되는 할로윈이 무슨 재미인가 싶기도 하다. 하지만 아이에게는 평소에 입지 않던 특이한 옷을 입고 다니는 즐거움이 있다. 게다가 유치원 선생님도 이에 발맞추어 코스튬을 입고 평소와는 다른 모습을 선보인다. 이 즐거움이 새로운 명절을 만든 것이다.

Halloween Book

아비규환 속에 빛나는 경제인

　헬로키티나 무민 같은 캐릭터 박물관을 가면 전시를 보고
난 후 기념품점을 어쩔 수 없이 가게 된다. 그곳은 욕망의
처절한 분출구이다. 애들은 귀여운 굿즈를 사달라고 아우
성이다. 그런 것치고 내 아이는 나름 절제된 모습을 보여 늘
고맙다. 정확히 한 개만 사고 가격 한도까지 정해주기 때문
에 그 어느 때보다 진지하게 탐색한다. 이러한 자세가 혼란
속에서도 합리성을 잃지 않는 사람이 되게 한다.

아이와 이야기를 나누는데 아무것도 되고 싶지 않다는 푸념을 늘어놓았다. 7세 아이에게도 번아웃이 있는 걸까. 내가 어릴 적에는 장래희망에 대통령, 노벨상 과학자 등등 큰 목표가 있었다. 그런데 생각해보면 이러한 원대한 목표가 가능했던 것은 아이러니하게도 평소에 하는 것이 없어서 가능한 것이기 때문이다.

평소에 많은 훈련과 공부를 하다 보면 세속적인 출세라는 것이 얼마나 힘든 것인지 몸소 체험하게 된다. 그러다 보면 차라리 소박하지만 확실한 행복을 찾게 된다. 그리고 우리가 생각하기에 위세 있는 직장은 그만큼이나 스트레스가 많다. 그래서 아무것도 안 하는 것이 낫지 않을까 하는 생각을 하게 한다. 모든 것을 조기에 하는 아이들은 아이일 때부터 지쳐버려 꿈조차도 꾸지 못하게 된 것은 아닐까 한다.

아내가 옆집에 직접 만든 김밥을 주러 갔다. 옆집과 교류가 많은 것은 아니지만 늘 볼 때마다 인사를 한다. 그리고 옆집의 손녀가 아이와 비슷한 나이라는 것을 알게 되었다. 그 후에는 더 친밀해져서 가끔 음식이나 과일을 나누기도 하였다.

아내가 앞집에 다녀오자 아이가 아내에게 앞집 아줌마에게 고맙다고 말을 들었냐고 물었다. 그러자 아내가 그렇다고 했다. 그리고 아이가 앞집 아줌마가 "안 주셔도 되는데." 라고도 말했냐고 물었다. 꽤 상황 파악이 잘 된 느낌이다. 대화에는 흐름이 있는데 이는 교과서적으로 일일이 가르치는 것보다 옆에서 보고 배우는 것이 최고이다. 이것이 사회화이고 어른이 모범을 보여야 할 이유다.

인권보다 묘권은 아니겠지?

　단독주택으로 이사 온 후 마당에 길고양이가 자주 온다. 그러면서 아내가 고양이와 시나브로 정이 들기 시작했다. 그리고 꾸준히 고양이에게 밥을 주었다. 아이에게 서열이 밀렸는데 이제 고양이에게도 밀릴까 두렵다.

아이가 물을 마시다가 켁켁 거렸다. 그러면서 사레 걸렸
다고 투덜거렸다. 이를 통해 아이가 한국어를 모국어로 쓰
는 원어민임을 알 수 있었다. 그런데 사전을 찾아보니 사레
걸렸다가 아니라 사레들렸다고 말해야 한다고 한다. 이렇게
틀리게 말하는 것을 보니 더욱더 한국어 원어민 느낌이다.

사실 이 원고를 쓰고 퇴고하는 과정에서도 표준어를 일부
러 쓰지 않는 경우도 있다. 예를 들어, '설레임'도 표준어에
따르면 '설렘'이다. 이 사실을 알고 있지만 '설레임'은 '셀렘'
과 느낌이 다르다. '설렘'은 설레는 마음이 부족한 뉘앙스가
있다. 그래서 시적허용은 아니고 표준어도 아니지만 30년
넘게 서울에서 살고 교육받은 자신감으로 '설레임'을 썼다.

반대로 나는 영어를 오래 사용했고 지금도 매일 쓴다. 하
지만 자신감이 없다. 내가 아무리 사전을 보고 써도 100%
문법적으로 맞다고 장담할 수 없다. 하지만 한국어를 쓰면
사전을 보지 않는 것은 물론이고 틀리게 이야기를 할지라도
자신감이 넘친다. 심지어 발음도 자신감이 넘친다. 서울에

서 태어나 계속 자라난 나에게는 표준어 발음에 대한 자신감이 있다. 그런데 실상 들어보면 나는 분명히 틀리게 발음하는 경우가 많다. 확실히 원어민이냐 아니냐의 차이는 틀려도 맞을 것이라는 마음 깊숙한 곳의 자신감에서 나오는 것 같다.

아이는 여러 예체능 활동을 했었다. 그중 하나가 발레였다. 남자는 태권도, 여자는 발레라는 이분법적인 사고에 기반해서 보낼 생각은 아니었다. 다만 아내와 상의하여 아이의 자세교정에 도움이 된다는 생각으로 발레에 보낸 것이었다.

그리고 시간이 지났는데 한해를 정리하는 의미에서 공연을 한다고 하였다. 발레를 시작한 지 불과 수개월밖에 되지 않았기 때문에 무대에 선다는 것 자체가 두려움일 수 있었다. 하지만 아이가 볼쇼이 발레단급의 공연을 하는 것이 아니었다. 초급에 맞는 공연을 보여준다고 했고 공연준비에 돌입했다.

나는 발레에 문외한이기 때문에 내가 할 수 있는 것은 아이를 발레학원에 데려다주고 데리고 오는 일만 했었다. 그래서 사실 아이가 얼마나 힘든 과정을 거쳤는지는 잘 모르겠다. 하지만 짧은 시간 무대에 보여주는 모습을 실수 없이 하기 위해서 수많은 단순 동작을 묵묵히 연습했다는 것을 들었다.

공연 날 아이는 평소에는 보지 못했던 화장을 하고 무대에 올랐다. 아이만큼이나 나도 떨렸다. 멋진 모습을 보여주기를 바라는 기대는 전혀 없었다. 반대로 괜한 실수로 삶의 자신감 하락으로 이어지지 않기를 기원했다. 여러 학생이 같이하는 무대에서 아이는 무탈하게 발레공연을 잘하고 내려왔다. 아이가 인생이라는 무대에서 출세라는 멋진 모습을 보여주는 것도 좋겠지만 편안하게 할 일을 마치고 내려오는 것도 좋을 것 같다는 생각을 하는 모습이었다.

어떤 부러움

아이는 또래 평균보다 체중이 약간 덜 나간다. 그래서 아내는 신경을 써서 밥을 먹이고 있다. 이러한 상황에 스트레스를 받아서인지 아이가 살찌고 싶다는 푸념을 했다. 마음속 깊은 곳 어딘가에서 부럽다는 생각을 했다.

젊은이의 초상

아이가 앞집 언니들하고 말 그대로 하루 종일 놀고 왔다. 밤이 되어 데리고 오는데 아이는 지친 기색이 없이 아쉬워했다. 역시 노는 것도 젊어서 해야 하는 듯하다.

사실 이 말은 나나 부모님에게도 적용이 된다. 지금에야 아이를 데리고 돌아다니는 것이 즐겁다. 왜냐하면 비교적 젊기 때문이다. 그런데 부모님만 하더라도 아이와 지내는 것이 즐겁지만 정말 고된 일이라 아이와 지낸 후에는 푹 쉬셔야 한다.

예전에는 "노세, 노세, 젊어서 노세."라는 말이 철없다고 생각했다. 하지만 이 말은 진리이다. 나이가 들면 놀고 싶어도 힘이 없어서 놀지도 못한다. 간혹 부모님을 위한답시고 10박 11일로 유럽으로 효도 여행을 보내드리는 경우가 있다. 그런데 그 효도 여행은 때로는 비싼 극기훈련이 될 수 있다. 짧은 기간 알차게 유럽여행을 다녀오는 것은 젊은 사람도 힘든 일이다. 어른들에게는 중노동이 될 수 있다.

완벽한 상태는 없다. 현재 너무 놀아서 미래를 저당잡히는 일도 없어야 한다. 그런데 노는 것도 틈틈이 잘 놀아야 한다. 그렇지 않으면 나중에 놀고 싶어도 놀지 못할 수 있다.

아이를 처음 키우다 보면 막막할 때가 종종 있다. 내가 아이를 키우는 방식이 옳은 것인지에 대한 확신이 비닐봉지처럼 얇다. 부모님과 이런저런 이야기를 해보면 원론적인 이야기로 돌아온다. 그도 그럴 것이 나를 아이로 키우신 것이 30여 년 전이기 때문이다. 이는 마치 군 생활의 답답함을 느끼는 현역군인이 제대한 지 한참 지나 예비군은 물론이거니와 민방위 기간까지 모두 마친 사람에게 토로하는 것과 같다.

실질적으로 심리적인 안정제를 하는 사람은 아이의 친구인데 둘째를 키우는 학부모나 아이보다 한 살 위의 아이를 키우는 친구다. 이 사람들은 앞으로 닥칠 일을 명확하게 알고 있다. 그래서 실질적인 조언을 듣는다. 마치 논산훈련소에서 4주 차 훈련병이 5주 차 훈련병에게 야간행군에 대해 물어보는 것과 같다. 이런 점을 생각하면 밑그림은 부모님으로부터 조언을 듣고 디테일은 한발 앞선 선배들에게 듣는 것이 좋을 것 같다.

템포 코모도:
조금 느리게, 조금 편안하게

우리나라 나이도 다른 나라처럼 만 나이로 통일된다는 뉴스가 있었다. 문화적으로 이를 얼마나 받아들일지 모르겠다만 이 사실을 아이에게 알려주면서 8살이 되려면 1년 더 기다려야 한다고 말해주었다.

그랬더니 아이는 나보고 무슨 말이냐면서 지금까지 8살이 되기를 오랫동안 기다렸는데 어떻게 더 기다리냐고 따져 물었다. 아이는 빨리 나이를 먹고 싶어 한다. 나이를 먹으면 그만큼 할 수 있는 게 늘어나기 때문일 것이다. 반면에 나이로는 모든 것을 할 수 있는 나로서는 나이를 천천히 먹었으면 한다. 오히려 나이가 더 들면 할 수 있는 것이 줄어들기 때문이다.

악보를 볼 때 템포 코모도(Tempo Comodo)라는 이탈리아어 지시사항이 있다. 악보를 적당한 박자로 연주하라는 것이다. 영어로는 'at a comfortable speed'로 말하는데 연주자가 편안하게 치라는 것이다.

물론 우리나라가 나이에 민감한 사회라는 점이 아니더라

도 신체적인 이유로 그때그때 할 수 있는 적당한 일들이 있다. 그리고 그 적당한 일들을 자기한테 맞게 편안하게 하면 인생은 눈부신 연주가 된다.

좋은 세상은
어린이 치과에서 찾을 수 있다

내가 어렸을 때는 이를 뽑을 때 치과에 가지 않고 집에서 각종 방법으로 해결했다. 그런데 나의 아이는 지금까지 모든 이를 치과 그것도 무려 "어린이" 치과에 가서 뽑고 있다. 이러한 어린이 치과는 예전보다 상황이 개선되었다는 것을 느낀다.

어린이 치과는 아이 친화적이다. 일단 기다리는 동안 만화책을 볼 수도 있고 만화영화를 볼 수도 있다. 게다가 누워서 진료를 받을 때는 천장에서 만화영화가 나오고 헤드폰을 씌워주어 듣게 한다. 덕분에 공포스러운 치기공 소리를 덜 들을 수 있다. 진료가 끝나면 플라스틱으로 된 반지도 준다.

선생님은 아이들을 전담하므로 아이들이 겪는 문제를 잘 이해하고 있으며 아이가 울어도 전혀 동요하지 않는다. 그리고 아이만큼 걱정하는 부모도 잘 대응을 한다. 어린이 치과는 우리가 발전한 증거이다. 주먹구구식으로 이를 뽑는 시절에서 아이에게 맞춤형으로 의료서비스를 제공받게 할 수 있는 것이다. 물론 그만큼 신경 쓰는 것이 많아진 것도 사실이다. 하지만 그 신경 씀은 더 나은 삶의 대가일 것이다.

핸드폰 패러독스

아이가 핸드폰을 사달라고 성화다. 일단 초등학교에 가면 사주겠다고 짐짓 이야기를 해두었다. 그런데 그날이 다가오고야 말았다. 핸드폰을 사주자니 아이가 핸드폰만 할 것 같아 걱정이고, 안 사주자니 친구들과의 관계에서 어려움을 겪을까 걱정이다.

또한 핸드폰의 이점도 있다. 언제 어디서든지 아이와 연락할 수 있다. 핸드폰이 없던 시대에는 아이가 사라지면 비상이었다. 정말 빨리 찾아야 했다. 하지만 요즈음에는 핸드폰을 통해 위치를 알 수도 있다.

21세기에 핸드폰이 없다는 것은 평범한 생활을 하지 않겠다는 말과 다름이 없다. 그래서 시간의 문제이지 핸드폰은 갖게 될 것이다. 그래서 여러 어린이 보호용 장치가 되어있는 핸드폰을 찾게 되었다. 물론 정말 100% 보호가 되는지는 의문이지만 말이다.

원로가수 윤도현

아이가 노래를 흥얼거리고 있었다. 어디에서 많이 들어본 리듬이라 나도 같이 흥얼거렸다. 그러면서 나는 가사까지 저절로 나왔다. "사랑했나봐. 잊을 수 없나봐. 자꾸 생각나 견딜 수가 없어. 후회 하나봐. 널 기다리나봐..." 그렇다. 윤도현 씨의 〈사랑했나봐〉 가사였다. 아이에게 어떻게 이 노래를 알았냐고 물어보았더니 친구가 흥얼거리는 것을 들었다는 것이다. 이 노래를 들으니 예전 대학 시절이 떠올랐다.

〈사랑했나봐〉는 윤도현 씨가 2005년에 발매한 음반에 실려있는 곡이다. 2005년이라면 지금으로부터 20년 전이고 아이가 태어나기 10년도 넘기 전에 나온 것이었다. 내 경우에 대입해보면 1970년대에 나온 곡이라고 할 수 있다. 내가 태어나기 전에 발표되었지만 나도 아는 고(故) 송대관 씨의 〈해뜰날〉 정도가 될 수 있겠다는 생각을 했다. 나는 송대관 씨를 처음 알 때부터 지금까지 원로가수라는 생각을 했다. 이러한 식이라면 아마 아이도 윤도현 씨를 원로가수라고 인식할 것 같다. 세월은 내가 알던 청춘가수를 원로가수로 만들 정도로 빠르다.

남아프리카공화국에서 온 선생님

아이가 영어학원을 다니면서 외국인 선생님은 두 분이셨다. 한 분은 미국 플로리다에서 오신 분이고 다른 한 분은 남아프리카공화국(남아공)에서 오신 분이었다. 사실 미국은 우리에게 매우 친숙한 나라이기 때문에 놀라지 않았다. 그런데 나조차도 남아공 사람을 처음 본 것이라서 만나는 것 자체가 놀라움이었다.

유치원 오리엔테이션에서 처음 만나서 이야기를 나누는데 남아공 사람이라고 밝히지 않았다면 전혀 남아공 사람인지 알 수 없었다(생각해보면 인기배우인 샤를리즈 테론도 남아공 사람이다). 아이가 영어유치원을 잘 다니는 데는 남아공 선생님의 친절함이 컸다. 이런 경험에서 어느 "나라" 사람인 것이 중요한 것이 아니라 사람 그 자체가 더 중요하다고 느꼈다. 또한 영어의 힘으로 한국인과 남아공인이 교류하고 있구나 하는 생각이 들었다.

　부모들이 영어를 일찍 시키려는 이유 중 하나는 영어 발음 때문에도 있다. 나 같은 경우에도 초등학교 3학년 때 영어를 시작했는데 아직도 B과 V를 제대로 구분해서 발음하지 못한다. '태권V'를 태권브이로 배운 사람으로 V를 아직도 브이라고 발음할 때가 있다. 하지만 V는 브이라고 발음하지 않는다. 비(B)에 가까운 발음인데 아직도 그 차이를 모르겠다. 그리고 Z도 흔히 제트라고 발음하는데 전혀 제트라고 발음하지 않는다. "지"에 가까운 발음인데 전혀 구분도 못하겠고 발음도 못하겠다. 다행인 것은 V도 그렇고 Z도 그렇고 쓰이는 단어가 많이 없다는 것이다.

　영어가 공용어인 시대에 발음을 못하는 철자가 있다는 것은 불편한 일이다. 내가 발음을 못하는 것은 내 잘못이 아니다. 그저 안 쓰고 익숙하지 않게 살아서 그렇게 된 것이다. 다만 영어가 더 쓰일 21세기에 살아갈 아이는 이러한 고충을 겪지 않게 하고 싶은 것이 부모의 인지상정일 것이다. 그래서 영어유치원을 보내서 어렸을 때 더 자연스러운 언어를 습득하기를 바라는 것이다.

　다행인 것은 꼭 영어유치원이 아니더라도 영어를 자연스럽게 배울 채널이 많이 생겼다는 것이다. 예를 들어, 유튜브나 넷플릭스 같은 OTT에는 영어로 나오는 프로그램이 즐비하다. 내가 아이의 나이 때는 AFKN이 전부였던 것과는 다르다. 그래서 만화영화를 영어로만 보아도 어느 정도는 영어 발음에 익숙해질 수 있다.

　이 방법은 희망을 가질 만하다. 근래 들어 한국어를 매우 능숙하게 하는 외국인들이 늘었다. 이들이 한국어를 배운 것은 교과서라기보다는 한국 드라마나 노래를 통해서이다. 어차피 유튜브나 넷플릭스를 많이 볼 수밖에 없는 상황이라면 영어나 혹은 자기가 하고 싶은 언어로 시청한다면 언어를 습득하는 기회가 된다. 이렇게 되면 어른도 아이도 놀기도 하면서 배우기도 한 일석이조의 상황이 된다.

오글거림을 극복해야 성장한다

  나는 직업상 영어를 많이 쓰는 편이다. 그래도 영어를 쓰면서 몇 가지 문턱을 넘어야 할 때가 있다. 첫째가 혀를 굴리는 것이다. 개인적인 느낌인데 국어를 사용할 때보다 영어를 쓸 때 더 힘이 들어간다. 너무 느끼한 것이 아닌가 싶을 정도로 혀를 굴려주어야 한다. 그래서 때로는 스스로 오글거리기도 한다. 하지만 그렇게 넘어가야 자연스럽게 영어가 상대방에게 들린다.

  두 번째 경우는 한국인이 있을 때 영어를 쓰는 것이다. 외국인이야 어쩔 수 없다고 치지만 한국인이 있으면 약간 더 신경 쓰이는 경우가 있다. 그래서 스스로 영어를 쓰는 것이 오글거리게 느껴질 때가 있다. 이 오글거림을 넘어서는 뻔뻔함이 더 나은 커뮤니케이션을 이끌어 낸다.

  아이는 영어유치원을 다니면서 한국인인 친구끼리도 영어를 쓰게 되었다. 그래서 그런지 학원에 있을 때는 말수가 줄어들었다가 집에 와서 폭풍 수다를 떠는 것 같다. 영어를 한국인 친구 앞에서 뻔뻔하게 쓴다면 어디에서든 자기를 잘 표현할 수 있을 것 같다는 이야기를 해주었다. 언어습득의 첩경은 오글거림 따위는 개의치 않는 자세이다.

아이가 초등학교 갈 때가 되자 글자를 다 읽기 시작했다. 그리고 자연스럽게 글도 읽게 되었다. 이에 부모로서 욕심이 나기 시작했다. 예를 들어, 글로만 된 책을 쥐여주고 싶은 마음이 생긴 것이다. 하지만 글 좀 읽는다고 글로만 된 책을 읽는 것은 마치 건강에 좋다고 어린이에게 "쌩" 야채를 주는 것과 비슷하다. 그러면 아이는 야채가 맛이 없다고 느끼고 오랫동안 채소에서 입을 멀리할 수 있다.

읽는 글의 양을 늘리는데 제격은 학습만화에 있다. 나는 세계 곳곳의 일에 관심이 많은데 그 뿌리를 찾아 올라가면 〈먼나라 이웃나라〉가 있다. 이원복 교수님 덕에 글도 잘 읽게 되고 세계에 대한 흥미도 갖게 된 것이다. 지금 〈마법천자문〉, 〈수학도둑〉 같은 좋은 학습만화가 많이 있다. 아직도 만화라고 하면 학습에 악영향을 준다고 생각하는 사람이 있는 것 같다. 하지만 학습만화는 진정한 학습으로 이끌어주는 역할을 한다. 마치 야채를 먹는데 익숙하게 하기 위해서 여러 소스가 있는 것처럼 학습만화는 공부하는 것에 재미 한스푼을 더해준다.

졸업이라고 쓰고 시업으로 부른다

유치원의 마지막 날이 되었다. 아이가 박사 학위복마냥 진지하게 생긴 가운과 학사모를 쓰고 사진을 찍었다. 그리고 아는 친구들, 선생님들과 아쉬운 인사를 나누었다.

우리나라에서 졸업(卒業)이라고 하면 일을 마쳤다는 의미로 쓰인다. 그래서 학업을 잘 마쳤다는 의미에서 졸업식인 것이다. 그런데 미국에서는 졸업식을 'Commencement ceremony'라고 말한다. 'Commencement'는 시작이라는 뜻이지만, 아이러니하게도 'Commencement ceremony'는 입학식이 아니라 졸업식이다.

이 용어는 새로운 시작을 강조하는 말이라고 할 수 있다. 형식적으로는 핀트가 맞지 않지만 실제적으로는 현실에 더 부합하는 단어이다. 왜냐하면 아이는 졸업하고 본격적으로 다른 삶을 시작하기 때문이다. 본격적으로 초등학교의 공부를 시작하는 것이다.

어쩌면 인생은 'Commencement'의 연속이 아닐까 한다. 나는 박사학위까지 받았는데 공부가 끝이 없다. 물론 나의 경우에는 공부가 업인 사람이기 때문에 말 그대로 공부가 끝이 없다는 것이다. 하지만 다른 사람의 경우에도 어떤 일이 끝나면 또 다른 일이 또 시작된다. 새로운 시작이 정말 끝나는 것은 아마도 목숨이 다할 때가 아닌가 싶다.

나가는 말

애청하는 프로그램 중에 〈고독한 미식가〉가 있습니다. 시즌 2의 7화에서 주인공이 어촌을 가게 되는데 어부들이 하는 이야기를 듣게 됩니다. 경력 있는 어부가 실수를 한 젊은 어부에게 이렇게 말합니다. "어부에게 실수는 실수하지 않는 것이다. 실수하지 않으면 보이지 않는 것들이 있다." 어쩌면 육아도 마찬가지인 것 같습니다. 처음하기 때문에 실수를 하게 됩니다. 실수를 원천적으로 하지 않을 수는 없습니다. 하지만 실수를 통해서 배우는 것들이 있습니다. 그 실수를 통해서 어른도 성장해 갑니다.

아이를 키우면서 우리가 아이에게 전해줄 교훈이라고 한다면 어른이 된다는 것은 완벽해지는 것이 아니라 견디면서 성장하는 것이라는 것입니다. 학교를 졸업하고 취직하고 승진하면 인생이 끝이 아닙니다. 크고 작은 일들이 우리를 괴롭힙니다. 이때 이에 굴복하지 않고 배우고 성장하면서 인생의 의미를 배가시킵니다. 아마도 아이에게 알려줄 것은 아버지가 얼마나 잘난 것인지가 아닙니다. 오히려 많은 실수와 실패를 경험했지만 그럼에도 살아갔고 이를 토대로 더 나은 사람이 되었다는 것을 몸소 보여주는 것이 아닌가 싶습니다. 이 책의 울퉁불퉁한 이야기가 그만의 의미가 있기를 기원합니다.